LA PUERTA ENTREABIERTA
y otras historias de amor y nostalgia

LA PUERTA ENTREABIERTA

y otras historias de amor y nostalgia

Por

JORAM PIATIGORSKY

**Traducido por
María Gil del Campo**

BOOKS

Adelaide Books
New York / Lisbon
2019

LA PUERTA ENTREABIERTA
y otras historias de amor y nostalgia
Por Joram Piatigorsky

Título original: The Open Door
Traducido por María Gil del Campo

Illustrations by Ismael Carrillo;
Design by Adelaide Books

Published by Adelaide Books, New York / Lisbon
adelaidebooks.org

Editor-in-Chief
Stevan V. Nikolic

Para más información diríjase al Adelaide Books
a través del siguiente correo electrónico: info@adelaidebooks.org
o escriba a:
Adelaide Books
244 Fifth Ave. Suite D27
New York, NY, 10001

ISBN-10: 1-951214-67-6
ISBN-13: 978-1-951214-67-8

Printed in the United States of America

Dedicado a Robert Bausch (1945- 2018) autor,

profesor entregado y mensajero del corazón.

Bob, a la izquierda, y yo en el taller de escritura de Maynard
en Lago Atitlán, Guatemala, 2008.

Índice

Prólogo

En 1996, cuando estaba completamente inmiscuido en mis asuntos de investigación en el Instituto Nacional de la Salud y como director del departamento de Biología Molecular y del Desarrollo, escribí mi primera historia. Tenía 3 páginas. Lona y yo estábamos disfrutando de las vacaciones de verano caminando por un paseo de madera y disfrutando de la paz de una bahía en Maine durante un bonito día soleado. Me había aventurado a escribir en la facultad, donde tomé varios cursos de literatura, y durante un tiempo quise poner letra a mis pensamientos; sin embargo la ciencia me quitó el tiempo necesario para hacerlo. «¿Y cuándo si no?», me pregunté a mí mismo.

Lona sacó su bloc de dibujo y me apoyé en un árbol del bosque para empezar a escribir todo lo que venía a mi mente. Como coleccionaba arte inuit, comencé a escribir sobre un adolescente inuit que se iba a cazar un reno con otro chico de su misma edad que estaba de visita en el ártico; mataban al animal; estaba completamente inmerso en su aventura. Había creado un mundo ficticio en papel que era para mí tan real como el suelo que pisaba. Decidí usar el poco tiempo que la ciencia me dejaba libre, que no era mucho, para escribir. Era un novato, algo malo, y necesitaba aprender a escribir en un lenguaje alejado de la ciencia, por lo que tomé una serie de cursos sobre ficción en el Centro de Escritura de Bethesda.

Tras participar en unos excelentes talleres de la mano de Kate Blackwell y Elizabeth Poliner, tomé varios cursos impartidos por Robert Baush (Bob). Aparte de tener un entusiasmo y conocimiento contagiosos, siempre me animaba a aprender más habilidades de escritura. Nunca se reía cuando mezclaba las metáforas, ni con mis torpes intentos de crear sátira; tampoco con las fantasías que, en ocasiones, se aparecían en mi mente. Siempre encontraba la frase perfecta que le hacía brillar, resaltaba mis cagadas, y yo seguía escribiendo.

Tengo que agradecerle a Barbara Esstman (también tomé sus cursos en novela y autobiografías) y a Lucy Chumbley por la excelente labor de edición; a Mía García-Cortez y a Margaret Dimond por sus sugerencias constructivas y su continua ayuda durante todo el camino. Como siempre, la participación y el apoyo de mi mujer, Lona, es de un valor incalculable.

Ismael Carrillo se ocupó de las ilustraciones. También agradezco a Stevan V. Nicolic y a Adelaide Books por el apoyo prestado y por la publicación de estas historias.

Hasta ahora, solo *The Miracle of Estelle* [El milagro de Estelle], estaba publicada (Adelaide Literary Magazine, abril, 2018).

Cada historia era independiente; se habían escrito a lo largo de los años y no tenían ningún vínculo entre ellas; Sin embargo, cuando volví a leer esta colección me di cuenta del amor y la nostalgia que impregnaban cada una de esas historias. Descubrí una de las sorpresas más importantes e inesperadas que tiene la escritura: primero estrujas al máximo tu imaginación para crear una historia y después es la historia la que habla por sí sola.

Escribe y aprende.

La puerta entreabierta

Vestido con su habitual traje gris de estilo diplomático, camisa blanca y corbata ancha de color carbón, la paz interior de Leonard iba poco a poco disminuyendo a medida que agarraba con firmeza su maletín y se acercaba a la mesa de su secretaria. Ella notó que él dirigía hacia ella la mirada y se alegró de haberse puesto su nueva blusa de color crema y el broche turquesa. No sabía que él se estaba preguntando si su coleta, color cobrizo y sujeta con un lazo de color amarillo pastel era una nueva moda o si no se había peinado porque no la había dado tiempo.

—Buenos días, señorita Hopkins—dijo Leonard que seguía sin sentirse cómodo con la formalidad de usar el apellido, aunque no conseguía romper el hielo.

—Buenos días, señor Leopold—dijo ella lanzando una respuesta igual de formal.

Jennifer Hopkins era relativamente nueva en la oficina. Era delgada y no se sabía muy bien su edad: estaba entre los 22 y los 35. Leonard pensaba que era anoréxica. Leonard se la imaginaba como un tallo de maíz en crecimiento durante el verano, justo antes de la cosecha. Era tan delgada como el mástil de una bandera y le recordaba al miedo que él tenía a coger peso. Rechazaba totalmente la autocomplacencia.

Rompiendo con su rutina habitual, Leonard se paró en frente de la mesa de Jennifer y la sonrió algo cohibido. De manera sorprendente, ella le devolvió una media sonrisa antes de bajar su mirada, dejando ver un bosquejo de sombra anaranjada en sus párpados.

—Necesito prepararme para el próximo juicio, señorita Hopkins. Por favor, atienda mis llamadas y páseme los mensajes después de comer.

—Sí, señor. Mmmm... ¿Puedo hacerle una pregunta?—dijo dándose cuenta de que aquella era una ocasión rara para decirle algo más personal.

—Dígame.

Miró a su reloj.

—Es solo que... bueno... la mayoría de la gente me llama Jennifer, bueno, Jen en realidad. Jennifer está bien. ¿Podría llamarme Jennifer?

—Jennifer, perfecto. Sí, disculpe, no quería... quiero decir... está bien, Jennifer. Es un nombre bonito. Me gusta.

Se giró y siguió caminando hacia su oficina algo desorientado.

—Gracias—dijo ella.

Jennifer se apretó el lazo amarillo de su coleta. Cogió un boli, jugueteó con él un poco y miró a Leonard, que ya se encontraba en la puerta de su oficina. Aclaró su garganta haciendo notar su presencia y suspiró, sintiendo una pena extraña por él... ¿o era por ella por quién sentía la pena? Él era su jefe, pero no era un jefe al uso, no como los jefes de otras secretarias que pretendían familiaridad, a veces demasiada, haciendo muchas veces saltar la alarma. A ella le encantaba que él respetara sus límites. Pensaba que Leonard era diferente. Era un pobre jefe que la hacía sentir tan insegura como él parecía. A veces no sabía muy bien quién se necesitaba más.

Leonard pensaba que no la había prestado la atención suficiente mientras hacía por coger el pomo suelto de la puerta hasta que finalmente lo agarró. ¿Por qué no la llamaba simplemente Jennifer? Sabía cuál era su nombre. Bueno, a partir de ahora lo haría, estaba seguro de ello.

Empujó la puerta con el talón para cerrarla al tiempo que entraba en su oficina, pero se quedó un poco abierta. Se volvió con la intención de cerrarla, dudó, y se volvió a su mesa dejando la puerta entreabierta. Podía ver, desde su silla, el pie de Jennifer por el hueco que se había quedado abierto si se inclinaba un poco hacia su derecha ya que la parte delantera de la mesa de Jennifer no tocaba el suelo.

Se quedó mirando los afilados tacones de sus zapatos, delgados como ella, con el talón descubierto. Sus uñas rosas eran un poco más claras que sus pies.

—Cerraré la puerta más tarde—musitó, prefiriendo decirlo a pensarlo y con el conflicto de estar concentrado en su trabajo como normalmente hacía, y disfrutando a la vez de la tan placentera sensación de estar conectado a la señorita Hopkins, ahora solo Jennifer.

Las ramas del árbol que había fuera de la oficina movidas por el gélido aire invernal proyectaban sombras sobre la pared que había enfrente de la mesa de Leonard.

«Qué depresivo es el frío», pensaba Leonard. Siempre es lo mismo. Trabajar, trabajar y trabajar siempre encarcelado por una única ambición: *summa cum laude* en la universidad; un buffet de abogados 7 años después de graduarse; un abogado matrimonial de éxito. Estaba orgulloso de todo eso, pero ¿y ahora qué? «Qué ironía», pensaba, «ser un abogado matrimonial». Leonard, el soltero, intimidado por el sexo opuesto ¡Por la señorita Hopkins! Es ridículo. Simplemente era Jennifer, o Jen, al igual que él era Leonard. ¿Por qué nadie le llamaba a él

Len? ¿Qué sabía él del matrimonio o del divorcio? Nada. Puede que eso fuera mejor ya que, al menos, no tenía prejuicios; sin embargo, la posición neutral era aburrida. ¿Quién se preocupa por un hombre al que solo le importaba su propio progreso?

Sus pensamientos se interrumpieron por el sonido del teléfono de Jennifer en el exterior de la oficina.

—Despacho del señor Leonard Leopold, soy Jennifer Hopkins.

—Ah, eres tú.

Ella bajó la voz. Leonard se inclinó hacia delante intentando escuchar.

—Bob, disculpa... quería devolverte la llamada... sí, lo sé... lo siento... no... puede... ya veré... estoy en el trabajo, ya sabes... sí, lo sé... siempre... yo también... ya veré... adiós.

¿Bob? ¿Yo también qué? ¿Qué pasa? ¿Bob? Leonard estaba intrigado. Apuesto a que será alto. Jennifer mide... ¿cuánto? ¿1,51 o 52? Supongo que por eso siempre lleva tacones altos. Leonard medía 1,55, siendo generosos. A veces bromeaba con que los mejores regalos se escondían en los paquetes pequeños, pero realmente le hubiera gustado ser más alto. Leonard intentó, sin éxito, concentrarse en el juicio de divorcio que tenía a la vuelta de la esquina, pero su mente estaba puesta en Bob. ¿Era el novio de Jennifer? ¿Estaban viviendo juntos? Su voz sonaba tensa cuando le hablaba.

Las sombras de la pared se desvanecían como nubes movidas por el sol haciendo que la oficina se impregnara de un tono grisáceo. Miró al montón de papeles que tenía sobre la mesa y a sus notas para no olvidar ciertas tareas.

«Ya es suficiente», pensó. «Necesito un cambio».

Cuando fue a la sala de descanso, no había nadie en la mesa de Jennifer haciendo que aquel cubículo pareciera demasiado vacío sin ella.

Cuando volvió a su oficina, cerró la puerta y empezó a mascar la idea de hacer algo radical. Su 40 cumpleaños era en 3 días; si no hacía algo ahora, ¿cuándo tomaría el control de su vida? ¿Qué pensaría Jennifer de su oficina si estaba vacía y no sabía dónde había ido?

Leonard trabajó hasta las siete. Al día siguiente no apareció por la oficina.

—Probablemente estará haciendo recados—le dijo Jennifer a Jerry Thomas, un abogado del buffet.

—Se lo haré saber tan pronto como vuelva. No, Jerry, no me dijo que llegaría tarde hoy.

Las diez, las once, la hora de comer... Ni rastro de Leonard. Jennifer cogió muchas llamadas con varios mensajes de clientes.

Una mujer dijo: —Simplemente dígale que su amiga de la otra noche ha llamado.

«¿Una amiga? ¿Quién será?» se preguntaba Jennifer. «¿Qué habría pasado la otra noche? Mmm... ¿Era reservado con sus relaciones?».

Su corazón empezó a latir más lento por un momento, aunque esa idea le excitaba. No le pegaba mucho; puede que solo fuera una amiga; sin embargo, siguió vacilando sobre si Leonard tenía novia; era interesante.

Leonard no fue a trabajar y Jennifer se marchó a casa a las cinco, como siempre, sintiéndose abandonada. Siguió mordiéndose el labio inferior, un hábito nervioso. «¿Debería llamarle a casa?» se preguntaba. «Mejor no. Probablemente volverá mañana».

Leonard no apareció por la oficina a la mañana siguiente.

A medio día Jennifer le llamó al móvil. De forma inesperada, escuchó su móvil sonar en su oficina. «¡Oh! ¿Estará bien?».

De inmediato usó la copia de la llave que tenía de su oficina para ver si estaba; Leonard no estaba allí, pero su teléfono estaba en su mesa.

—No me imagino por qué se habría dejado el teléfono sin importar dónde haya ido», dijo Jerry cuando Jennifer se lo contó.

—Bueno, volverá, Jennifer. Es un tipo raro.

Jerry no estaba en lo cierto; Leonard no volvió aquel día.

En contra de su mejor pensamiento, Jennifer condujo hasta su casa cuando volvía a la suya aquella noche. Varios periódicos sin abrir permanecían frente a la puerta. Se preguntó si estaba dentro incapacitado o muerto, pero se quitó cuanto antes ese pensamiento de la cabeza.

«No seas tonta, Jen. Es un tío sano».

A la mañana siguiente volvió a hablar con Jerry.

—¿Aún no está aquí? Ni una palabra. Perdona.

Entonces Jerry notó que el labio de Jennifer tenía gotitas de sangre seca y que tenía la cara pálida.

—¿Notaste en él algo fuera de lo normal antes de que desapareciese, Jennifer?

—No.

—¿Nada de nada? ¿Ha desaparecido así alguna otra vez?

—No desde que yo estoy aquí; aunque tan solo llevo 3 meses. Siempre me hace saber a dónde va. Él es... es... bastante responsable. Ya sabe, correcto. Configuro mi reloj con su horario.

—¿Ha hablado alguna vez de la familia?

—No está casado—se puso colorada. —No sé nada sobre su familia. Conduje hasta su casa la otra noche solo para comprobar. La casa estaba oscura y los periódicos estaban frente a su puerta. No sé... espero que todo esté bien.

—¿Nada más, Jennifer?

—Sí, algo más, ahora que lo pienso. Puede que no sea importante, pero me dio los buenos días el día de antes de desaparecer y dejó la puerta de su despacho entreabierta. Nunca antes lo había hecho. Es raro... bueno, yo... yo lo pienso así al menos.

A las 8,30 durante la primera mañana de su ausencia, Leonard esperaba a las puertas de los almacenes Macy para las rebajas de primavera. Estaba cómodo en la cola, allí era pasivo y anónimo, allí podía escuchar y meterse en la vida de los demás. ¡Por fin había tomado las riendas de su vida! Estaba de excursión él solo.

—Nicole—escuchó de frente—he hecho el mismo viaje, no sé cuántas veces ya, ¿cinco, seis? ¿Sabes cuánto me ha costado? Menos de 500 dólares ¡Menos! ¿No me has oído? No, ¡menos! ¡Déjate de mentiras! No me importa. Lo único que haces es estar sentada todo el tiempo haciéndote las uñas, pidiendo cosas a la habitación, ¡es demasiado! No puedo creerlo, Nicole, ¡para de una vez! No te dije que estuviera bien. ¿Qué puedo hacer? Tú sigues como toro sin cabeza. No soy Rockefeller. Vendo donuts para pagar las facturas. Lo he tenido. Así es, Nicole. Estoy harto. Coge tus uñas rosas y ve a buscarte a un banquero. El teléfono se cerró.

—Mierda—musitó el hombre. Joder.

Se abrochó la chaqueta y pasó su peso de un pie a otro como si aquello le fuera a calentar. Estaba echando humo.

—Mierda. Tiempo al tiempo ¡Por fin!—dijo a nadie en particular.

De repente, el chico miró directamente a Leonard y dijo:

—¿Te lo puedes creer? ¡2300 dólares por un fin de semana en Rehoboth Beach! Quién se piensa Nicole que es, ¿Oprah? ¿Y quién se supone que soy yo? ¿Donald Trump? Madre mía...

Leonard asintió con la cabeza pensando en que estaba encantado de no tener de nuevo 20 años. Tiritó y miró a su reloj. Quedaban todavía 10 minutos hasta que abriera Macy.

Leonard se imaginó a Nicole con pantalones cortos, el pelo negro rizado, ojos azules y con un contoneo travieso. Al mismo tiempo se le aparecieron los ojos verdes de Jennifer en su mente. Apuesto a que llamaría de nuevo a Nicole, predecía para sí mismo.

El teléfono del novio de Nicole sonó.

«Ahaa», pensó. «Está de vuelta».

Leonard se imaginó a Nicole diciendo: —Hola, Leonard. Soy Nicole. Lo siento. Estoy sola. ¿Puedes venir a verme? Su dulce voz hacía ecos en su mente, pero en realidad lo que Leonard oía era:

—Bill, tenemos una increíble conexión. ¿Dónde demonios estás?

—Estoy esperando haciendo cola en Macy para comprarme un jersey nuevo en las rebajas. Nicole nunca me devolvió el mío. He roto con esa puta.

—¡Por fin! ¿Quieres que quedemos en el bar de Larry esta noche?

—Vale.

—¿Sobre las 10? A esa hora empieza a haber gente. Te veo luego, tío.

—Adiós.

Se produjo un silencio tras la llamada telefónica y Leonard se imaginó al novio de Nicole enfadado y a Bill aquella noche entre un montón de hombres y mujeres todos ellos bromeando sobre temas sexuales.

Él siempre se sentía fuera de lugar en esas situaciones. ¿A quién estaba engañando? Nunca había estado en circunstancias así. Se sentiría fuera de lugar. Le sobrecogió una ola de soledad. Se preguntaba si Jennifer era más mayor de lo que parecía, puede que estuviera cerca de los 40, como él, pero entonces se imaginó que podía que no fuera así ya que eso era lo que solía ocurrirles a las personas delgadas como ella (y como él). Su coleta roja que hacía contraste con el lazo amarillo que la sujetaba, aparecía en su mente mientras la fila empezaba a moverse.

Una vez dentro de los almacenes, Leonard caminó hacia el departamento en el que se encontraban los jerséis donde puede que siguiera enterándose del "asunto Nicole"; sin embargo, no estaba por allí el hombre.

Finalmente se compró un jersey con cuello en V de color gris con un adorno en negro alrededor del cuello con algo de frustración ya que la talla M le había costado lo mismo que una XL a pesar de llevar esta última mucha más lana. «La vida es injusta» pensó cuando pagaba al cajero.

Leonard caminó sin prisa por los grandes almacenes durante un tiempo y después se fue a mirar escaparates por la calle principal. Aunque su oficina estaba a menos de 20 minutos de allí en coche, no había tenido casi tiempo para recorrer la zona. Era como estar en una ciudad nueva. Se tomó una hamburguesa en un abrir y cerrar de ojos; cena rápida. Decidido a pasar los dos próximos días en la calle, reservó una habitación en un hotel cercano. En la habitación del hotel, Leonard se tumbó en la cama pensando de nuevo en Nicole, esta vez se la imaginaba llevando un jersey de cuello redondo que le caía hasta los muslos. Después sus pensamientos se trasladaron haciendo fila sin ir a ningún sitio en concreto. Se quedó inmóvil, como si estuviera muerto dentro de un ataúd y se despertara viéndose encerrado y sintiendo claustrofobia.

Se despertó por la mañana pensando en una mujer con el pelo rizado castaño y los ojos azules que vestía tan solo un jersey de cuello redondo de hombre. Le resultaba familiar. El nuevo día era como un lienzo en blanco y, como tal, se planteaba qué hacer mientras se sentaba en una cafetería.

Pidió un café solo y un danés.

—No, olvídese del danés—añadió cuando vio a un hombre bastante grueso caminando por la calle.

Leonard decidió irse a dar una vuelta con el coche por ahí por la mañana, sin dirigirse a ningún sitio en concreto. Iba por la carretera saboreando la libertad, no había mucho tráfico, hasta que volvió a su mente el juicio que tenía pendiente. El pensamiento pesaba como si se tratase del recuerdo de un cuerpo incinerado. Vio pequeños pájaros voleteando algo torpes entre las ramas que pasaba a medida que conducía. Se imaginó a los pájaros sintiendo pánico como si no supieran en que rama posarse. No parecían tan libres como se sentía él esperando en la cola de los almacenes Macy.

Encendió la radio y buscó alguna emisora. Prefería la música clásica, pero el *Country* no le disgustaba. El Jazz era lo que detestaba; según él era una improvisación sin sentido.

De repente, Leonard vio una serie de coches parados delante de él y pisó el freno.

—Maldita sea—dijo en alto. De pronto, un sentimiento de satisfacción se apoderó de su enfado. Estaba de nuevo en fila. Salió de su coche para contemplar la situación y vio a grupos de gente de pie al lado de sus coches.

—¿Qué ocurre?—le preguntó a un hombre que había a su lado.

—No lo sé. Ha debido ser un accidente. Es mejor que nos relajemos. ¿Hace un buen día, eh?

Lo hacía, brillaba el sol y hacía más o menos 40 grados; el cielo estaba azul y había algunos cúmulos de nubes blancas. Respiró profundamente y fingió estar enfadado.

—¡Vaya puta suerte! Espero que esto no dure mucho—le dijo al hombre, aunque estaba encantado de tener un destino concreto: traspasar pasar las barreras de coches.

Se volvió a meter en el coche y escuchó cómo entrevistaban a un escritor regional, Ernest Worthington. «Qué buen nombre», pensó, «'earnest' y 'worthy' [sinceridad merecida]. ¿Es realmente ese su nombre o es un apodo?» Su mente se dirigió hacia la idea de dos personas, la persona 'real' y la 'construida'.

—Señor Worthington—preguntó el entrevistador en la radio—¿cuándo supo que quería ser escritor?

—Oh, bastante tarde. Tenía casi 60 años.

—Usted trabajó en una cadena de montaje haciendo coches Chevrolet durante casi 40 años, ¿cierto?

—Sí, señor, así es. Estaba en una cadena de montaje y hacía mi trabajo.

—Debe de ser aburrido—soltó el entrevistador.

—Oh, no, a mí me encantaba. Todos mis compañeros estaban en su puesto y yo sabía exactamente qué era lo que tenía que hacer. Era una rutina, no había mucha presión y además, veías todos los coches nuevos y brillantes.

—Ya veo. La escritura ha debido ser un gran cambio para usted—dijo el entrevistador. —¿Cómo hizo ese cambio?

«Ernest Worthington», dijo Leonard para sí. Me pregunto qué escribió.

—Sí y no. Hubo cambios por un lado y por otro no fue para tanto. Escribía lo que escuchaba en la cadena, así que no único que cambiaba es que tenía que escribirlo. Y era muy diferente. Como le he dicho, escribía lo que escuchaba pero solo lo sentía como propio después de haberlo escrito. Es divertido, ya que era mi vida; yo, sin embargo, no la sentía como mía hasta que la contaba.

Leonard estaba en trance.

—Sí—dijo tan bajito que nadie lo hubiera oído de no estar con él. Pero no había nadie más en el coche, así que no importaba.

—¿Puede decirle a la audiencia cómo aprendió a escribir un libro tan bonito con tan poca educación en lo que a la escritura se refiere, señor Worthington?

—Bien, no tengo ni idea, señor, lo único que sabía es que quería escribir. Quería escribir sobre todas las historias que había escuchado en aquella cadena durante toda la vida; sobre cómo murió la hija pequeña de Jim de neumonía; sobre cómo la mujer de Sam le dejó porque lo que ganaba no era suficiente para cubrir sus caprichos o sobre el regalo que el rechoncho de Rick recibió por su 33 cumpleaños de parte de su novia, el primer regalo que había recibido nunca. Aquello era bastante curioso, recibir un regalo por primera vez cuando eres ya un adulto. La cadena era una radio-patio. Rick lloró cuando me lo contó y yo también me emocioné. Sentía como si fuera yo quién había recibido el regalo ¿Que cómo aprendía a ser un escrito? ¿Quiere saberlo? Saqué muchos libros cortos de la biblioteca y copié mis pasajes preferidos, páginas y páginas. De algún modo era algo automático, reescribir lo que otro escribe, algo así como trabajar en una cadena de montaje y escuchar lo que dicen los demás. Aprendí palabras nuevas y elegantes y cómo los escritores conseguían unir sus ideas y después empecé a sentir lo que decían, sentía lo que decían al leerlo y al copiarlo; de ahí salió todo. Conseguí mis historias estando en la cadena de montaje y escuchando la vida de los demás, intercepción, y después aprendí a escribirlas copiando lo que escribían otros y, de repente, ¡pum! me convertí en escritor. Imagíneselo. Las historias de los demás se convirtieron en mi libro. Puede que no sea justo, pero es lo que pasó.

—Gracias señor Worthington, gracias por su tiempo y su comprensión. Extraordinario. Enhorabuena por su libro *Absorbing Life from a Distance*, libro que recomiendo a todo el que nos esté escuchando. La semana que viene entrevistaremos a...

Leonard apagó la radio y escribió el título del libro. Se sintió impresionado con lo que acababa de oír. Por primera vez, que él recordase, sentía que quería hablar, pero estaba solo. Los demás conductores estaban en sus coches y el tráfico empezaba a moverse. Siguió conduciendo y pasados diez minutos pasó por al lado de un camión que había parado a un lado de la carretera con tres policías que controlaban el tráfico. Dio la vuelta y se dirigió a su hotel.

"Las vidas de los demás se convirtieron en mi libro. Puede que no sea justo, pero es lo que pasó".

«¿Qué parte no es justa de copiar las historias de los demás?» se preguntó. «¿No es la vida de los demás parte de la vida del resto?»

Leonard volvió a su hotel, tomó una cena rápida y se fue a dormir temprano.

Su primer pensamiento el viernes por la mañana era que tenía que trabajar el lunes y dejar hechos los últimos preparativos para el juicio, pero era su cumpleaños, ¡40 años! Tenía la sensación de que sería un día especial. Después de cepillarse los dientes se pesó desnudo. El indicador se paró en 61,3 kg. Pensó que debía restringir su dieta, aunque le gustaba saber que había ganado casi miedo kilo jugando a escaparse del trabajo. Le dio seguridad el saber que había podido romper los moldes y se premió con un donut de chocolate para desayunar. Luego se preparó para dar una caminata rápida; se sentía menos ansioso por aquella libertad "poco estructurada" de la que gozaba, menos que ayer; aun así, se sentía un poco culpable por no contarle a Jennifer donde estaba. Aquello le hizo sentir ansias de volver, de volver a verla, aunque solo fuera en el trabajo. Quizás...

Leonard caminó hasta el Ayuntamiento; allí había parejas esperando en fila en la puerta. Las filas siempre habían aparecido de la nada en su vida.

El tiempo, de repente, era más cálido y la gente, anticipándose a la primavera, había guardado los abrigos. La mayoría de las mujeres iban preciosas vestidas. Una llevaba un largo traje blanco con una tiara brillante en el pelo; otras llevaban vestidos coloridos y muy pocas, vaqueros. Los hombres llevaban también vestimentas variadas, pero iban en su mayoría elegantes. Unos pocos llevaban chaqueta y corbata, mientras otros iban vestidos con camisetas deportivas y jersey. Había un hombre de apariencia algo sucia, sin afeitar, de unos *veintitantos*, que llevaba una chaqueta sucia, pantalones rasgados y unas zapatillas grises de correr. La mujer que iba con él, de apariencia hispana, que parecía embarazada de 4 o 5 meses, iba impecable con una falda morada de terciopelo, una blusa blanca de encaje y zapatos altos de cuero. Hacían una pareja rara, no pegaban.

—¿Qué pasa?—preguntó Leonard a la última pareja de la fila.

Una mujer alta que iba acompañada de un hombre bajito respondió:

—El Juez de Paz va a casar a la gente gratis hoy. Ocurre una vez al año.

Leonard se unió a la fila justo cuando empezó a moverse. Al tiempo que llegó a la puerta principal había 8 parejas detrás de él y se unían más. Cada persona firmaba en un papel que había en el descansillo cuando entraba en el edificio antes de pasar a una gran sala de espera.

—¿Va solo?—preguntó el guardia cuando Leonard pasó para firmar la hoja.

—Sí... no, mi prometida vendrá pronto. Me ha dicho que nos reuniríamos aquí. Mejor esperaré a que venga para firmar la hoja—contestó y entró por la puerta para sentarse en la sala de espera.

Cuando pronunció la palaba "prometida", Jennifer le vino a la mente. Un silencio espeluznante llenaba la sala. Leonard se sintió incómodo. Muchas de las mujeres jugueteaban con sus monederos, se ajustaban sus vestidos o, simplemente, miraban a su alrededor. Unos cuantos hombres parecían nerviosos y, en ocasiones, suspiraban. Una pareja de adolescentes se susurraba cosas mientras sonreían y se cogían de la mano. Brillaban como si fueran auténticas gemas rodeadas de joyas. «Dulces niños», pensó Leonard. «Me pregunto si sus padres saben que se están casando».

La mayoría de las parejas parecía tener unos 30 años, pero había otros muchos más mayores, puede que estuvieran entre los 60 o los 70. Había un hombre calvo, de unos 50, junto a una mujer guapa, delgada y rubia que puede que no superara los 20. Él la besaba en la mejilla mientras ella miraba sus zapatos. Leonard pensó que llevaba unos bonitos zapatos brillantes. Leonard escuchó la voz de Ernest Worthington invadiendo su espacio interior y diciendo repetidamente: "La vida de los demás se convirtió en mi libro".

—Por favor, no lo digas más—rogó un hombre gordo que había sentado en el banco de al lado.

Leonard se giró y vio la cara con rasgos duros y ojos enfadaos de la mujer que había sentada a su lado.

—¿Por qué no?—dijo ella. —Es cierto y lo sabes.

Su prometido se mantuvo recto y bajó los hombros.

«Qué extraño», pensó Leonard. «¿Realmente van a casarse?»

Después Leonard escuchó a una mujer reírse en la sala y decir:

—No puedo creerlo.

Su prometido puso sus brazos alrededor de sus hombros y la estrechó y ella se tocó el pendiente derecho como si estuviese segura de estar allí. Se acercó un poquito más a él y Leonard movió su brazo acercándolo más a su cuerpo como acto reflejo. Se abrió una puerta y una pareja jovial entró dejando la sala entre risas. Iban seguidos del Juez de Paz que llevaba una hoja

de papel en la mano de la que leyó: "James Shanoon y Deborah
Rinse, por favor". Un hombre grande con un bigote gris y calvo
se levantó y comenzó a caminar orgulloso hacia el Juez de Paz.
Llevaba una camisa negra y unos vaqueros inmaculados con un
cinturón ancho negro de cuero que tenía una hebilla de color
turquesa. Perfectamente podría ser un medallista olímpico de
lanzamiento de peso; era tan imponente que Leonard se sentía
insignificante a su lado en la sala. Y entonces se fijó en la parte
femenina. Su cabeza estaba cubierta de nudos negros y apenas
llegaba al pecho de su marido; desde la distancia podría parecer
su hija. Tenía la piel marrón claro y podría ser afroamericana o
polinesia, o puede que simplemente estuviera bronceada. Sus
ojos parecían una piedra ónice pulida y estaban colocados en
un rostro de muñeca sin expresión. Su vestido blanco destacaba mucho con su piel oscura. No llevaba joyas ni necesitaba
ninguna, era una mujer tan elegante y con una conducta tan
real que su marido quedaba nublado cuando se hacía notar
su fina presencia. Llevaba una rosa roja en su mano izquierda.
Leonard pensaba que era muy delgada, incluso más delgada
que Jennifer, seductoramente delgada y... y perfecta. Miraba
como Deborah Rinse daba pequeños pasos cerca del que se iba
a convertir en su marido. Quién se lo habría imaginado, se dijo
Leonard así mismo mientras veía pasar a aquella pareja que no
pegaba nada siguiendo al Juez de Paz a su despacho.

Leonard ya había visto suficiente y no quería empañar
aquella imagen con ninguna otra.

—Lo siento, amigo. Quizás la próxima vez—le dijo el
guardia que estaba fuera de la sala de espera a Leonard cuando
este salía.

—Sí, gracias—respondió Leonard.

Su voz rebotaba en las paredes de mármol en aquella sala
vacía:

—Sí, gracias... sí gracias... sí, gracias...—en un eco que iba en decadencia.

Leonard pasó el resto del día caminando por las calles y leyendo en la habitación de su hotel por la tarde. El sábado por la mañana fue a casa.

Jennifer se sentía miserable; Leonard la había dejado plantada sin ninguna explicación. Al menos llegaba el fin de semana, eso la aliviaba. Al menos tendría su rutina normal durante los próximos dos días; sin embargo, seguía teniendo un nauseabundo sentimiento de abandono y ella se sentía enferma, una sensación parecida a cuando sus padres la dejaron en el campamento cuando era pequeña. Estaba terriblemente preocupada por su jefe. Le dijo a Bob que estaba muy cansada y enfadada como para salir el sábado por la noche. Ya había visto suficientes películas, y eso era todo lo que Bob quería hacer. Después de un desayuno rápido el domingo por la mañana (una tostada de centeno y una taza de café solo), se pesó como siempre: 45,9 kilos. «No debería haberme comido la tostada», pensó. Estoy por encima de los 45,5 que me caracterizan. Leyó y vio la televisión el resto del día y durmió poco aquella noche. Jennifer fue a trabajar pronto por la mañana. Miró con preocupación a la puerta cerrada de la oficina de Leonard, preocupada por si no volvía. Las 8:45h. Aún es pronto. Se sentó en su mesa y empezó a hacer una lista de todo lo que tenía que hacer. Si no venía hoy, llamaría a la policía y les daría el aviso de una persona desaparecida.

—Buenos días, Jennifer. ¿Cómo estás?

Sorprendida, Jennifer miró hacia arriba y allí estaba él delante de ella: El señor Leonard Leopold vestido con su traje gris, su camisa de rallas y su corbata simple, llevando un nuevo jersey gris con cuello en V.

—Señor Leopold, dios mío, ¡me ha asustado!—dijo ella con las cejas levantadas y boquiabierta. —¡Qué bueno verle! Estaba tan preocupada ¿Está bien?—preguntó.

—Sí, sí, estoy bien—dijo Leonard encantado con la acogedora recepción.

—Yo... yo no quisiera entrometerme pero, ¿dónde ha estado? No sabía dónde había ido. Dios. Oh... esto suena tonto—dijo Jennifer. Dudó y tomó un sorbo de agua. —¿Se ha ido de viaje, no? Solo estoy imaginando, claro. Estoy encantada de que esté de vuelta. Yo... nosotros le hemos echado mucho de menos en la oficina y nos preguntábamos dónde estaba.

Jenifer se sentó recta, en alerta y con los ojos abiertos como platos. Se pasó la mano por el pelo, muy suave por el champú que había usado aquella mañana, y sin coleta. Parecía fresca y renovada. Resplandecía. Quería acercarse y abrazarle. Se puso recta en la silla. Se sentía delgada y bien. Absorbía su presencia. Sonreía. Respiró profundamente. Esperó.

—Sí, disculpe. Estoy bien. Tiene razón. Me he ido de viaje. Tenía algunos asuntos personales de los que ocuparme. Debería habérselo dicho, o haber llamado... demasiadas cosas que hacer, imagino. No me di cuenta de que podía preocuparla.

De repente se sintió importante. Bajando la voz preguntó: —¿Ha estado muy preocupada?

Jennifer quería decirle que había estado terriblemente preocupada, que había pensado en él durante todo el día, que condujo hasta su casa para buscarle, que las cosas no iban bien con Bob, que se mordió el labio hasta que sangró, que no había desayunado aquella mañana.

—Sí, yo... Jerry y yo estábamos muy preocupados.

Quería decirle lo preocupada que había estado.

—¿Hay algo nuevo por la oficina que deba saber? ¿Quién ha llamado? Tengo que comprobar el correo.

—Todo está bien—dijo ella. —No ha pasado nada importante. Una mujer con la que nunca antes había hablado llamó. Dijo que te dijera que tu amiga de la otra noche había llamado. No dejó ningún mensaje.

—Qué raro—dijo él. —¿Dejó su número de teléfono?

—No.

—Gracias—es todo lo que él dijo.

Parecía perplejo.

—¿Por qué se dejó aquí su teléfono? ¿Lo olvidó?

Leonard se pausó.

—Supongo que debí cogerlo. ¿Ha estado muy preocupada por mí?—preguntó de nuevo mirando a sus uñas rojas que rayaban el escritorio.

—Sí—dijo ella.

«Relax, Jen», se dijo a sí misma.

Y continuó: —¿Lleva un jersey nuevo? Es bonito.

«Con cuidado», pensó.

—Gracias. Me lo compré en Macy—tocó el pico de la V y añadió: —Estaba de rebajas. —¿Qué le ha pasado a su labio? ¿Está hinchado?

—Sí... digo no... quiero decir sí, me lo mordí por accidente. Tonta de mí. No es nada—contestó.

Se lo tocó con la punta del dedo queriendo al mismo tiempo esconderlo y que lo viera.

«¿Qué pasó realmente?», se preguntó Leonard. «Espero que Bob no la haya golpeado», pensó sintiéndose enfadado. Leonard notó que había una pequeña bolsa de papel con la comida de Jennifer en su rincón de siempre.

—Me preguntaba si...

—Dígame, ¿qué? ¿Si qué?—preguntó.

Leonard se limpió la frente con la parte trasera de su mano y después rascó su cabeza. Con su visión periférica vio a dos secretarias hablando y mirando hacia él por el pasillo. Miró a Jennifer. Se sentía mareado.

—Solo que... bueno... nada.

Entonces, de repente Leonard preguntó: —¿Ha oído alguna vez hablar de Ernest Worthington? Es un escritor. Escribió *Absorbing Life from a Distance*. Se supone que está muy bien.

—No, nunca he oído hablar de él—dijo ella.

Algo apurado dijo:

—He escuchado cómo le entrevistaban en la radio. Un tipo fantástico; trabajó en una cadena de trabajo montando coches durante toda su vida y después se convirtió en escritor escribiendo las vidas de los demás. Quiero decir, escribiendo las historias que escuchaba de sus amigos en la cadena de trabajo. Leonard pasó de apoyar el peso de su cuerpo a su pierna derecha.

—¿Sabía que el Juez de Paz casa a la gente un día al año de forma gratuita en el Ayuntamiento? Ocurrió el viernes pasado.

Jennifer le miró confusa. Se preguntaba cómo sabía él eso. ¿Qué estaba intentando decirla? Sin esperar a que Jennifer contestara, continuó:

—Estuve allí, por accidente, eso es todo. Vi la cola y no sabía para qué era. Me puse en la fila... sentía curiosidad. Se sonrojó. —Lo hago a veces, ponerme en las colas, digo.

—No tenía ni idea—dijo ella.

—Ya... debo irme a trabajar. Por favor, coja mis llamadas hasta la hora de la comida.

—Claro, señor Leopold ¿Quiere que le pida el libro en Amazon?

—Oh, sí, sería fantástico ¿Lo haría? Gracias, Jennifer.

Dudó por un momento y miró a la bolsa de comida.

—Podríamos leer el libro ambos—dijo él—y hablar sobre él en la comida.

Los ojos de Jennifer se abrieron un poco más.

—Me encantan los libros, señor Leopold. Claro.

Leonard se volvió hacia su oficina y jugueteó con el picaporte suelto como de costumbre. Dejó la puerta entreabierta. Tras ver la corta lista de correo en su escritorio, se inclinó hacia su derecha y miró por la puerta que estaba más abierta que nunca. Vio las uñas rojas de los pies de Jennifer que asomaban por sus finos tacones de cuero. Se quitó la chaqueta, aflojó su corbata y deshizo el botón de arriba de su camisa. Miró una vez más a sus finos zapatos puestos sobre sus delgados pies y se puso cómodo a trabajar.

Inmobilón

Soy un gato de la selva, puede que un leopardo; no, no del todo. Merodeo sobre las hojas caídas. El aire húmedo tiene un olor orgánico mezclado con la dulzura del aroma del perfume de Rosalind. Siento pequeños movimientos de aire como si lo movieran las alas de un hada.

De repente vuelvo a ser Syd, Syd el contable, el hombre con un poco de sobrepeso de 47 años, atormentado en mi estudio. Los impuestos llenan mi escritorio. Escucho a los clientes enfadados diciendo: —Siempre estás ocupado, ocupado, ocupado, corriendo de acá para allá y sin acabar nada.

Retrocedo en el tiempo. Mi pelo cano se vuelve castaño y cubre toda mi cabeza. Las arrugas de mi frente se deshacen. Tengo 20 años, estoy en un pasto de césped decadente, mis brazos recaen sobre mis costados. Estoy paralizado de medio cuerpo, mi pie derecho va por delante del izquierdo. Rosalind está delante mía con una blusa blanca, una falda azul y sandalias, medio sonriendo, sus rizos suaves y su pecho tapado, aún muy lejana. Sus uñas de los pies pintadas de color turquesa parecen las luces de una ciudad que apenas se ve entre la niebla. Se dirige a mí con los brazos haciendo señas.

—Ven—dice. —¿Por qué no vienes a mí?

Un hombre aparece; toma su mano y se van, dejándome allí anclado al suelo. Ella mira hacia atrás pero él la aleja de mí.

Los rayos de sol entran por la ventana despertándome. Estoy paralizado en la misma posición que en mi sueño, como ayer cuando Inmobilón me dejó en mi estudio llevando puesta una camiseta, unos vaqueros rasgados y las zapatillas de andar por casa sin calcetines. Mis dedos no pueden moverse y mis piernas son pilares de piedra. No puedo mover mi cabeza pero puedo girar mis ojos. Puedo respirar con algo de esfuerzo. Mis sentidos están a punto: puedo sentir el zumbido de un mosquito, pero no puedo deshacerme de él. Puedo pensar, pero no estoy seguro de que eso sea ninguna ventaja.

—Oh, Dios mío—murmullo.

Hace dos días. ¿Cuándo acabará? Pronto, espero, aunque no muy confiado. Soy demasiado joven y tengo demasiado miedo a la muerte ¿Qué he logrado en mi preciosa vida? No demasiado. Parece que siempre he ido corriendo. Pienso en Rosalinda. Inmobilón, el insidioso regalo que China está esparciendo por todo el mundo. Te golpea como un dardo paralizando a sus desafortunadas víctimas. Las escuelas y los sitios públicos han cerrado, pero eso no ha ralentizado su poder mortífero. El virus, supongo que es un virus que ronda por todos los sitios. O puede que sea algo vírico liberado por los científicos en ingeniería genética; o puede que sea una invasión alienígena del espacio exterior. La muerte y los cuerpos paralizados llenan las calles y los hogares como si fueran maniquís. Las víctimas que estaban cercanas, aunque con dificultad, se hablaban las unas a las otras hasta el final. La respiración cesa en tres o cuatro días, puede que cinco, menos tiempo que morirse de hambre. Hay afortunados que no se infectan y otros que sobrevivirán, pero no es mi caso, excepto que ocurra un milagro. Si Rosalinda sobrevive, espero que me recuerde. La parálisis de Inmobilón no es dolorosa gracias a Dios. De forma extraña, me relaja como el buen vino. Entre ataque y ataque de pánico, me siento bien por esta paz... cómo describirlo; la paz de dejarse ir. Que le den a los formularios de impuestos, que le den a las llamadas que no puedo responder, que le den a todo. ¡Que le den! ¡Que le den! ¡Que le den!

Inmobilón me ha dejado paralizado como si fuera un palo de hierro mientras entraba a mi estudio lleno de figuras inuit que coleccionaba de forma obsesiva. Qué inesperado que aquellas esculturas de tierras tan lejanas creadas por artistas a los que nunca había conocido fueran mi compañía en aquellos días en los que se me escapaba la vida. Como si tuviera otra vida para vivir, había dejado a mi amor fluir en vez de estar inerte como una roca. ¿Por qué no me quedé con Rosalinda cuando tuve la oportunidad antes de que se casara con Ralph? Mis esculturas sin vida no la sustituyen. Con qué delicadeza besaba mi mejilla cuando mi rival promocionaba en la empresa en lugar de mí y cómo llorábamos juntos cuando veíamos cómo los veterinarios mandaban a otro mundo a su *cocker spaniel* ya mayor.

—Tu eres mi favorito—me decía más de una vez.

¿Y qué hice yo? La dejé ir.

«¡Vale ya!» me dije a mí mismo.

Cómo desearía haber podido tener paz, ir despacio, planear las cosas en el rápido transcurso de la vida; no pude hacerlo. Hoy quería moverme otra vez, pero estoy amarrado al suelo. Inmobilón me ha dejado varado de un solo golpe. Veo a mi vecino Carl a través de la ventana que hay delante de mí. Él está aún parado como una piedra con su chaqueta roja; Inmobilón le ha infectado dejándole anclado con el brazo derecho estirado como si fuera a coger un objeto invisible. Los copos de nieve reposan suavemente sobre sus hombros al igual que lo hacen en la valla que hay a su lado. Debe tener frío. Sus ojos abiertos indican que aún está vivo. Puede que me vea dentro de esta habitación y eso me hace sentirme menos solo.

Los pájaros se posan en la placa de madera que hay colgada en mi alféizar; alféizar que yo siempre llenaba con semillas. Ahora picotean en tierra árida. Tendrán que buscar por todos lados para conseguir comida para el invierno, pobrecitos. Les he fallado. No he visto ningún pájaro inmóvil, ni a ningún otro animal inmóvil. Deben ser inmunes.

¿Quién dijo que nosotros los humanos liderábamos el mundo? Escucho un golpe en la puerta principal.

—Entre—dije todo lo alto que pude.

Qué suerte que no cerrara la puerta hace dos días cuando volví a casa. Escucho la puerta abrirse y luego cerrar bruscamente. Ráfagas de aire frío pasan por mi lado impregnadas del aroma del perfume de Rosalind. Mi espíritu se eleva pero mi cuerpo sigue en paz.

—¿Syd? ¿Dónde estás?

—En mi estudio. Inmobilón.

Su fragancia se agudiza a medida que se acerca a mí. Pienso en la pasta y en el pastel de chocolate que comí en su casa. Un soltero recuerda cosas como esas. Sospecho que fue ella la que me invitó y no su marido Ralph. Él se integró con el silencio del ambiente mientras cenábamos. Pero cuando caía la tarde, agitó mi mano con firmeza y dijo, como si lo tuviera escrito:

—Ha sido fantástico volverte a ver. Buenas noches.

Ella, sin embargo, tocaba mi brazo y sonreía o a veces me abrazaba. Nunca la di las buenas noches besándola en la mejilla como decía el protocolo porque lo deseaba demasiado; por qué me intimidaba tanto, tanto como cuando íbamos juntos a visitar las universidades, tanto como cuando hablábamos de nuestros planes y miedos del futuro, y así sucesivamente.

Rosalind entra en mi estudio. Respira con dificultad. Su color de labios rosa brilla con la luz. Deseo envolverme con su fino cuerpo. A penas roza mi barbilla y aún puedo sentirme sobrecogido con su presencia. Su esencia llena la habitación. Los ojos color verde grisáceo de Rosalind se mueven de acá para allá mientras los míos están fijos en ella, está en mi línea de visión. Sus dedos rozan mi antebrazo como si estuviera comprobando que estoy vivo. Sus caricias me dan escalofríos, pero retrocede.

—Estoy encantado de verte—la digo. —Encantadísimo.

Las lágrimas llenan sus ojos.

—Está bien. Quiero decir, está bien llorar.

¡Qué irónico! Aunque estoy unido a la muerte la hago sentir bien, ella no está infectada, al menos no por ahora.

—Lo siento—dijo ella. —Ralph está en casa, inmóvil como un mueble, como tú. No sé qué hacer. Esperaba que pudieras ayudarme. ¿Me oyes Syd?

—Sí. No sé qué decir.

Rosalind se sienta a mi lado en el suelo y apoya su dulce cabeza sobre mi pierna. La habitación oscurece a medida que cae el sol y la helada del día se transforma en cenizas de noche.

—Syd, tengo miedo.

—Agua, por favor—la digo.

Parece agradada de servir de ayuda. ¿Por qué nunca la dije que la necesitaba? Rosalind vuelve de la cocina e intenta echar el agua en mi boca. La mayoría me salpica. Tira el vaso al suelo. Quiero agarrarla. Intento moverme, forzarme, pero no puedo. Intento calmarme. Cuando éramos pequeños, Rosalind y yo jugábamos a ver quién duraba más haciéndose el muerto. Yo siempre era el primero en moverme. Ella se reía y me decía: —No puedes quedarte quieto, ese es tu problema, Syd. Ahora no es un juego y no puedo moverme. Quiero gritar, pero todo lo que hago es susurrar: —Gracias. El agua estaba bien.

—Debo irme a casa para estar con Ralph—dijo ella.

Noto que una parte de ella quiere quedarse.

—¿Sí?—digo, queriendo decir no, quédate, olvídale.

¡Yo también me estoy muriendo! Por Dios, dile la verdad por una vez. ¿Qué tengo que perder? Ralph va a irse. Ella está aquí conmigo ahora, como antes, como cuando éramos mejores amigos en el colegio (por desgracia, solo amigos).

—No te vayas—la pedí. —No puedes ayudar a Ralph. Mira a Carl ahí fuera. ¿Patético, no? No puedes ayudar a nadie contra Inmobilón. Pero puedes ayudarme simplemente con estar aquí. Ros...quiero... quiero que estés aquí conmigo... no... hay más... mucho más... te quiero.

Se sonroja, me abraza, llora.

—Syd—dice. —Lo siento...

No recuerdo ser más feliz. Y entonces lloré, sin lágrimas, incapaz de mostrar con mi cara helada cuánto me importaba.

—Lo siento—dijo ella de nuevo. —Por todo.

Yo también lo siento, quizás más que ella.

Sale por la puerta y yo me encuentro solo de nuevo con mis esculturas y persistiendo su fragancia. Cae la noche. Me desvanezco. Siento como si tuviera una fuga de sangre y, en vez de sentir miedo, tengo curiosidad por lo que va a venir, como si una fuerza interior activa me forzada a revivir. La dije que la quería. ¡Se lo dije! ¡Oh, qué fantástico! La quiero, sí, la quiero, y ahora ella lo sabe. Quizás siempre lo supo. Quizás sea yo quien se entere ahora.

Oigo un coche pasar por la calle y luego un perro ladrar; qué maravillosos signos de vida. Está oscuro fuera. Ya no puedo ver a Carl y me pregunto si se habrá muerto de congelación antes de que Inmobilón hiciera su trabajo. Me estoy quedando dormido, como un caballo, de pie. Huelo a heno pero no me siento hambriento. Rosalind me hace sentir cómodo.

—Todo va a ir bien, no te preocupes, tu parálisis es solamente una pesadilla. Te quiero.

La creo.

Me despierto con una mezcla de enfado y tristeza. No todo irá bien. Inmobilón no me ha dejado y Rosalind no está aquí. Odio cuando los sueños hacen trampa así. La negrura se apodera de mí. Estoy sofocado en un espacio pequeño como si fuera un ataúd. Intento acabar con mi pánico, pero no puedo ¡Claustrofobia!

—¡Ayuda!—digo solo para mis oídos ya que no hay nadie fuera que pueda oírme.

La visita de Rosalind parece ya muy lejana. Su perfume aún dura. Espero a que pase la noche. Vuelve el sol de la mañana a alumbrar a mis esculturas que me hacen compañía.

«¿Otra escultura?», Rosalind solía preguntarme sonriendo cada vez que traía a casa una nueva. «¿Les estás convirtiendo en tu familia? ¿Hermanos, hermanas, primos lejanos? Syd, por Dios, ¿es que no tienes suficiente?».

«¿Suficiente?» No tiene sentido. Quiero a esos chicos», decía yo siempre.

Qué irónico, ella estaba en lo cierto pero a la inversa. Estoy uniéndome a esa familia inmóvil y no al contrario.

Rosalind nunca lo dijo, pero sé que a ella también le gustaban mis esculturas. A menudo acariciaba alguna o la cogía y la tocaba. Me pregunto si las hubiera comprado si no fuese por ella. Yo siempre me preguntaba, «¿le gustará esta a Rosalind?» Si pensaba que sí, la compraba, si pensaba que no, no. Cada escultura era parte de Rosalind y se infundía en ella.

Miro de nuevo hacia afuera. El sol está derritiendo la nieve. No hay viento; las ramas desnudas siguen ahí y hay un pájaro sobre el hombro de Carl. Quien se habría imaginado que íbamos a estar en mitad de un silencio devastador y que Inmobilón, el enemigo, fuera a ganar la batalla. Me imagino que Carl se estará helando pero, espera... no estoy seguro. Sus ojos parecen cerrados. ¡Sí, aún están cerrados! ¡Oh, Dios mío! Carl, viudo, mi amigo durante muchos años, se ha ido para siempre. Me pregunto por qué no se ha caído. Puede que un golpe de viento lo tire.

La muerte me asusta. ¿Cómo se siente uno cuando no siente nada?

Desearía que Rosalind estuviera aquí.

—Para—me digo a mí mismo. No duele nada y eso es una bendición. Cálmate. ¿Cálmate? ¡Vuelve a la realidad! Creo que lo tengo.

Suena el timbre.

—Pase—digo esperando que sea Rosalind.

No, ella hubiera pasado directamente. El timbre deja de sonar. Una nueva puerta sin abrir en mi vida. Nunca sabré quién estaba ahí.

Rosalind se aparece en mi mente. No puedo creerme lo obsesionado que estoy con ella. ¿Cómo es posible que no hubiera aceptado esto antes, cuando podía actuar? ¿Por qué la regalaba libros y dispositivos electrónicos para su cumpleaños en lugar del jersey de *cashmere* azul que le gustaba y que nunca se ponía o la pulsera de oro que decía que no se podía permitir? ¿Por qué me dio vergüenza besarla aquella noche cuando veníamos de nuestras quedadas para ir al cine? (para mí no eran citas del todo) ¿Por qué miraba a otras mujeres cuando iba con ella de paseo?

«¿Qué son esas voces sordas que oigo?» me pregunté a mí mismo confuso.

Las voces se desvanecían como si procediesen de fantasmas que no tuvieran tiempo o necesidad de detenerse para decir "hola".

—¿Qué es lo que dices?

—Digo: "Qué son esas voces que oigo". Espera, ¿quién anda ahí? ¿Quién ha dicho eso?

—Estoy delante de ti, como siempre, justo donde me dejaste. No estés tan preocupado. Eres como el resto de las esculturas, excepto por una cosa, no eres una obra de arte.

La voz sonaba en el exterior de mi cuerpo. Me pregunto cuánto me he equivocado en la vida

—Ya que puedes escucharme, ¿por qué no me contestas? ¿Quién eres? ¿Dónde estás? Pensaba que estaba solo. De hecho sé que estoy solo. Es muy extraño.

—¿Solo? ¡Qué ingenuo! Me estás mirando. ¿No te has dado cuenta de todos estos años cuando te he visto mirándome? Imagino que estarías demasiado ocupado mirándote a ti mismo.

—¿Janus? ¿Eres tú? Es imposible. Las esculturas no pueden hablar.

—Estás en lo cierto, un nombre prefecto para lo que está pasando.

—¿Por qué?

—¿No lo sabes? Me llamas Janus por mis dos caras, pero es mejor que eso. Janus era el nombre del antiguo Dios romano de los comienzos, finales y transiciones. Una cara mira hacia delante y la otra hacia atrás. Es el futuro y el pasado. Es tu estado, Syd. Estás en transición, en el umbral de la puerta.

«¿Está esto pasando de verdad? ¿Le estoy hablando a una escultura? ¿Estoy aún vivo? ¿Me estoy volviendo loco?».

—No estás loco, Syd. Puede que ahora, finalmente, veas la verdad. Me estaba volviendo loco porque nunca reconocías los sentimientos de Rosalind hacia ti y porque no entendieras los tuyos hacia ella. Demasiado movimiento, demasiado tiempo sin estar sentado, imagino. Demasiado malo para ambos.

No sé lo que es real o imaginario. ¿Es esta mi entrada al inframundo? ¿Voy a empezar a hablar con Carl? Veamos.

—Carl, ¿cómo estás? Quiero decir, ¿cómo te sientes estando muerto?

Bien, eso está mejor. No escucho nada.

—¿Rosalind? ¿Estás ahí?

Bien, sigue el silencio. Definitivamente me lo he estado imaginando todo. Janus no habla.

—Janus está aquí. No es un juego de tu mente, Syd.

Ahora sé que estoy hablando conmigo mismo. No he dicho su nombre.

—Lo has pensado y eso es suficiente. El lenguaje tiene muchas formas, trabajos de arte, y el pensamiento es una de ellas, así que, ¡cuidado con lo que piensas!

¿De veras? Si esto es cierto, las otras esculturas deben estar escuchándome hablar también. ¿Hay alguien más ahí fuera escuchando mis pensamientos?

—Yo—dice una voz chillona. ¡Por Dios!

Han invadido mi intimidad.

—No te preocupes por esa banalidad—dice otra voz mucho más profunda y segura de sí misma.

—La privacidad es una ilusión, siempre lo ha sido. Somos todos parte de otros. Puede que yo sienta eso porque soy una pieza de arte que se ha comprado, vendido, con la que se ha mercadeado, mirado, analizado, juzgado y tocado todo el tiempo. ¿Qué es la privacidad? ¿Quién eres tú?

—Hey, soy Smiley, el simpático buey almizclero hecho por Judas. No puedes verme. Estoy en la esquina izquierda de la habitación, fuera de tu campo de visión. *Whee-doodle-dah-dee and whoopee too.* Estoy tan contento de poderme comunicar contigo que ya te has convertido en uno de nosotros. Siempre te he gustado, aunque me volví loco cuando me dejaste al lado de aquel pájaro quejica durante un tiempo en la estantería que hay detrás de ti.

—¿Qué quieres decir con "pájaro quejica"? Algunas esculturas matarían por estar en la misma estantería que yo. ¿Puede alguien querer estar solo, también las esculturas?

—Nosotros siempre hablamos y nos decimos los unos a los otros lo que pensamos; peor aún, nos comunicamos con nuestros propietarios humanos. Es un poco como la esclavitud. Se equivocan demasiado. ¿Por qué piensa siempre la gente que lo sabe todo? Ahora que te estás convirtiendo en uno de nosotros, eres privilegiado y podrás saber la verdad.

—¡Sí! ¡Sí!—suena el eco por todo mi estudio.

—Por fin sabes quienes somos todos, Syd, Todas aquellas charlas pretenciosas de los críticos de arte diciendo que "el arte les hablaba" estaban bien, ¡aunque nunca hubieran escuchado una palabra por parte del arte! ¡Qué raro es decir lo correcto por las razones equivocadas!

—Yo convirtiéndome en uno de vosotros, en una escultura de mi colección. ¿Esa es mi transición?

—Sí. Lo has cogido bien. Suena a ciencia ficción. Yo no me siento una piedra. ¿Sabes lo que siente una piedra, Syd? No es ciencia ficción. ¿Puedo confiar en una escultura?

—¿Confiar? Nunca te he dicho que confíes en mí, pero lo pienso.

—¡Fantástico! Ahora puedes oír mis pensamientos como yo oigo los tuyos. La transformación va más rápido de lo que pensaba.

—Dime, Janus, si me convierto en una escultura, ¿seré inmortal como tú y el resto?

—Disculpa, Syd. Vivo estrictamente en el presente. No tengo la clave del futuro ni de la legalidad, ni me preocupo del pasado. El pasado es la única muerte que conozco, así que ya es pasado. El futuro siempre es ambiguo. ¿Cómo puedo saber yo quién me comprará, me romperá o si iré a un museo o a la casa de alguien o si me perderán? De todos modos, ¿cuál es la diferencia? ¿Crees que a alguien le importa?

Me siento solo otra vez. Quiero que Rosalind escuche a Janus. ¿Has escuchado eso, Janus o te has ido a dormir? ¿Duermes? ¡Ahora no me va a contestar! Dejaré que la niebla del sueño se haga conmigo.

Una manta cómoda de lana me cubre. Cambia de rojo a azul y luego a verde y después... bueno, no puedo decirlo, nunca había visto ese color, pero es muy muy bonito. Estoy en una cama de plumas o algo más cómoda. Estoy en un espacio sólido. Es extraño. Veo el sol, la luna y las estrellas aunque no desprenden luz. No es ni noche ni día. Los copos de nieve, blancos, negros y púrpura, caen del cielo sobre las baldosas del patio. Aparece una pantalla de cine. Charlie Chaplin camina balanceándose, una figura trágico-cómica. La escena cambia y Laurel se rasca su mata de pelo mientras que Hardy tiene esa sonrisa tonta. Menea su corbata en mi dirección. Se transforma en Albert Einstein elevando los brazos y luego desaparece. La fórmula $E=mc2$ aparece en la pantalla. Una multitud esparcida e indiferente aplaude un escenario vacío. Cambia de nuevo la escena. Rosalind baila. Lleva puesto un vestido blanco de gasa, un collar de diamantes y unos zapatos de tacón de color plata. Mi corazón late un par de veces. Emite música triste. Parece triste. Quiero bailar con ella pero desaparece de mi vista. Pasa el estruendo de un tren. Debería estar montado, pero no lo estoy. Lo he perdido. Una voz nueva me despierta.

—No estés triste—me dice. —Vi tu sueño. Las transiciones siempre son difíciles, sobre todo esta.

—¿Quién eres tú?

—Soy la pequeña cabeza Inuit que hay justo a la izquierda de Janus, ya sabes, la que Rosalind siempre toca cuando pasa. ¡Rosalind me gusta! Puedes llamarme Tikky.

—¿Por tu escultor Tiktak?

—Correcto.

—Tienes razón en lo que se refiere a la dificultad de las transiciones—contesté. —Echo de menos a Rosalind.

—Espera. Inmobilón debe tener un as en la manga. Es como dice Janus, nadie puede predecir el futuro. Recuerdo cómo ibas de acá para allá, siempre haciendo cosas en tu escritorio, siempre con prisa por unas cosas o por otras. Demasiado movimiento, demasiados planes. ¿Ha hecho todo eso que tengas a Rosalind o ha hecho que se cumplan menos sueños?

¡Está en lo cierto! ¡Oh, Dios, está en lo cierto! He dejado pasar el tren. Huelo el perfume de Rosalind ¡Está aquí de nuevo!

—Hola—me dice como aliviada. —¿Estás bien? ¡Qué pregunta más tonta! Perdona.

—Me gusta que estés aquí, Ros. ¿Cómo está Ralph?

Besa mi mano. Siento sus labios pero no puedo responder; me estoy acordando de cuando vivía.

—Ralph ha muerto.

Aprieta mis dedos y después me abraza.

—Lo siento, Ros—lo digo, pero no lo siento. —¿Que harás ahora?

—Seguir si no caigo enferma. ¿Tengo elección? Ralph tenía un seguro de vida y yo seguiré enseñando en la escuela. Estoy contenta de que no haya sufrido. ¡Oh! Lo siento. Qué insensible. No quería decir... quiero decir... lo siento por todo, Syd.

Me encanta cuando dice mi nombre.

—He escuchado en las noticias que ha habido muy pocos casos de Inmobilón esta semana. La gente piensa que la pandemia ha pasado. Los cuerpos se están quemando. Hay camiones que los están recogiendo por las calles y las tiendas. El gobierno está diciendo que se quemen inmediatamente. Esto es como en la Edad Media. A Ralph van a recogerlo en unas horas. ¡Qué calamidad!

—Sí—digo yo. —Estoy tan contento de que tú no te hayas infectado. Espero que te libres. Por favor, asegúrate de que mi cuerpo se recoja cuando llegue la hora. No quiero crear raíces aquí. ¿Irás a mi cremación? Espero... que yo sepa nadie más irá. Estoy muy muy débil. No me queda mucho.

—Claro. Significas mucho para mí. Nunca te olvidaré.

Quiero rodearla con mi brazo y tenerla cerca de mí.

—Sé que pensarás que estoy chalado, Ros, pero estas esculturas me han estado hablando. ¿Puedes creértelo? Pueden hablarme y escucharme e incluso escuchar mis pensamientos. No me lo creía al principio cuando escuchaba sus voces. Pensaba que estaba alucinando o puede que hablando conmigo mismo, pero no, parece que me estoy convirtiendo en uno de ellos. Todo parece diferente. Hay muchas cosas que no sabemos.

—¿De veras?—me dice mirándome extrañada. —¿Qué quieres hacer con todas tus esculturas?

—Quiero que te quedes con Janus y Tikky. Son especiales. Llévatelos para que no haya confusiones cuando muera.

—¿Janus? ¿Tikky? ¿De qué hablas? Pensaba que estabas paralizado, no mal de la cabeza.

—Janus es el que tiene dos caras. Es una larga historia. Lo sé... pero es cierto. Tikky es la pequeña cabeza que a veces golpeas, la que tiene un arañazo oblicuo en la parte superior izquierda que se supone es la boca. Está justo a la izquierda de Janus. Te gustarán. ¡Tikky está enamorado de ti! Él es muy afortunado de tenerte para siempre. Sé bueno con ellas.

—Syd, ¡creo que estás perdiendo la cabeza!

—Perdona, pero es cierto.

—Sea como sea, me las llevaré a casa. Tienes razón: Siempre me han gustado esas dos. Gracias. ¿También me hablarán a mí?—me pregunta con esa tonta sonrisa que siempre me ha encantado.

—No estoy bromeando, Ros, soy honesto. Algún día tú también les oirás. No sé. Ellos tienen su pequeño mundo, como nosotros. Es solo que yo he tenido la oportunidad de meterme dentro. Desearía no haberla tenido, pero es así. No sé nada más salvo...—de repente siento que pierdo las palabras.

—¿Salvo qué?

—Salvo que... desearía tener otra oportunidad contigo.

—Oh, Syd. Yo también. Tú siempre has sido mi chico especial. Yo... yo también te quiero. Nunca tendré otro...

Hace una pausa y espera.

—¿Otro qué?

—Otro amigo como tú.

—¿Eso es, Ros? ¿Amigo?

—No, no es así en realidad. Quiero decir mucho más. ¿No piensas tu así? ¿Recuerdas cuando jugábamos a la muerte y tú siempre te movías primero? Desearía que jugáramos así de nuevo. Quiero ver cómo te mueves. No me reiré esta vez. Desearía que pudiéramos montar en patín de nuevo como solíamos hacer y que pudiésemos ir al cine por la noche. No me quejaría si quisieras ver una de esas comedias inglesas tontas que siempre te han gustado, Ros: Te daría un beso de buenas noches como nunca antes. Y más. ¿Por qué siempre te he dejado ir?

Me sorprendí a mí mismo esta vez, y después la escuché decir:

—¿Por qué he dejado siempre que me dejases ir?

Me he quedado sin habla; no puedo pasarme la mano por la mejilla, pero siento lágrimas; seca mi cara con su mano; apoya su cabeza en mi hombro. Aún no estoy muerto.

—Gracias por Janus y Tikky. Les querré tanto como te quiero a ti y eso es mucho. ¿Es cierto que Tikky tiene fijación conmigo?

—Eso me dijo él.

Me abraza y siento su cuerpo pegado al mío. Me besa y la caen lágrimas.

—Adiós, por ahora—dice como si no fuera un adiós para siempre y se marcha llevando las dos esculturas en sus brazos.

—¿Se ha enfadado alguien porque le haya dado a Janus y a Tikky a Rosalind?—le pregunto a las demás esculturas.

Oigo pequeños sollozos.

—Entiendo—me digo a mí mismo.

Y después escucho pensamientos flotando por la habitación; estoy bien. Me siento aliviado y cansado; todo se vuelve oscuro.

Me despierto en el comedor de Rosalind sobrecogido por su perfume.

—Sí, mamá. Será duro sin Ralph, pero siendo honestos, nunca nos llevamos del todo bien. Siempre discutíamos y él era... no sé... no era Syd.

¡No puedo creerlo! ¿Nunca se ha llevado bien con Ralph? ¿Él no era yo? ¿Cómo he llegado aquí?

—Te ha traído aquí después de tu crematorio—dice Janus que estaba colocado en el mantel.

—¡Oh, Dios mío! Qué bueno oírte, Janus.

—Sabes, mamá—dice Rosalind—antes de que Syd muriera, estaba alucinando, podía comunicarse con las esculturas. Pobrecito. Inmobilón debe de haber afectado a su cerebro.

Lo que ocurrió después de la cremación es más extraño aún.

¿Me cremaron y ella asistió? No he sentido nada. ¿Qué era tan extraño?

—Bueno, echa un vistazo al espejo que hay delante de ti—dice Tikky que leía mis pensamientos.

—Te pareces un poco a mí ahora, pero en mi opinión no eres tan guapo. Aún puedo ver tus rasgos humanos.

—¡Tikky! Qué fantástico estar contigo de nuevo.

Miro en el espejo pero no me veo. No, espera. ¿Qué es esa cabeza en la mesa del café? Veo un parecido, mis ojos y mi nariz torcida. ¡Qué pena! Soy tan solo una cabeza, como Tikky.

—Lo has cogido—dice Janus.

—¿Qué quiero decir con la palabra «extraño»?—continúa Rosalid.

—Bueno, pusieron a Syd en el horno para cremarle junto con otros cuerpos. Había tantos cadáveres que tuvieron que amontonarlos. Fue muy feo. Te habrías puesto enferma. Las llamas rugían, los amigos y los parientes lloraban, y yo estaba sentada allí, pensando en lo feliz que estaría Syd de saber que había ido a su crematorio. Lo deseaba con todas sus fuerzas.

—Oh, sí, estoy muy muy feliz de que vinieras, Ros. Gracias.

—Shhh—dice Tikky. —No pienses tan alto. Quiero escuchar el resto.

—Lo sé, mamá. Déjame terminar. Después de que las llamas cesaran una mujer preguntó si podía ver lo que quedaba de su marido. El cremador le dijo que no había nada que ver, pero ella insistió en que quería ver su espíritu entre las cenizas, así que el cremador la mostró el interior del horno. Yo también me sentía curiosidad de verlo así que me acerqué con ellos. Cuando la puerta se abrió noté una proyección de calor, como si fuera una pieza de cerámica cociéndose entre las llamas. Fue tan extraño... pero ahí estaba, cuando miré de nuevo, ¡una cabeza de escultura!

"¡Por Dios!", pensé. ¿Era esa mi cabeza?

—No podía creerlo, mamá. Señalé la cabeza al cremador y me dijo que nunca había visto nada igual. Le pregunté si podía llevármela a casa cuando se enfriase. Estaba confuso, pero me dijo que vale. Solo es una cabeza, me dijo, no hay cuerpo ni brazos ni piernas. ¿Y sabes qué? ¡Se parecía a Syd! Tenía sus ojos y su nariz torcida. Era pesada, como una piedra sólida. Raro. Syd me dijo que hablaba con las esculturas y ahora esto. Sea como sea, cogí la cabeza y la puse en la mesa del café en el comedor. Por lo que a mí respecta, es Syd, dulce Syd. Me hace sentir menos sola. Desearía que lo supiera.

—¡Oh, sí, sí! Ha dicho "dulce Syd".

—¿No te dije que tuvieras paciencia? Las cosas cambian— dice Tikky.

—No, mamá. No estoy loca. Tendrás que venir y verlo tú misma.

Rosalind vino al comedor. ¡Me está mirando! Si pudiera decirla que la estoy viendo también.

—Ros—digo. ¿Puedes oírme?

—Olvídalo, Syd—dice Janus. —No oye nada.

Rosalind acaricia mi cabeza y me mueve unos cuantos centímetros a la izquierda.

—Aquí mejor—se dice a sí misma.

Da también una palmadita en la cabeza de Tikky. Estoy celoso, pero ¿cómo puede ella saberlo? Gira, se pone el abrigo y se marcha de casa.

Me dejan solo con Janus y Tikky. Me quiere, me digo a mí mismo. Eso es lo que creo y es lo que cuenta.

El pequeño Juan

—Juan, es la tercera vez que te digo hoy que pares de hablar y de interrumpir la clase. ¿Cómo pretendes aprender si siempre estás de cháchara?—dijo su profesora, la señora Sprinkle.

El excederse con él en su lenguaje no ayudaba. Tenía que castigarle. Juan odiaba la clase de historia así que, una vez más, le pillaron cuchicheando con su amigo Elroy, esta vez sobre un viaje que había hecho recientemente. Había acompañado a su padre, un científico que estaba investigando sobre cómo los animales se protegían así mismos contra la congelación. El paisaje remoto y sin árboles, el agua helada dándole en la cara cuando iba en la zodiac y las casas coloridas, la mayoría rojas, azules y verdes de las pequeñas comunidades, parecían joyas perdidas que le fascinaban. Katie, sentada en la primera fila, también le fascinaba, y cuando no estaba hablando a Elroy, se quedaba embobado mirando sus enormes ojos negros. Y también sus rizos de oro y su nariz pecosa, perfecta. Pensaba en casarse con ella cuando crecieran. Por ahora, sin embargo, tenía que esperar hasta el sábado ya que su madre había quedado con los padres de Katie para ir al parque. Había un problema. Su dura e injusta madre le había amenazado con cancelar los planes si seguía metiéndose en problemas con su profesora por hablar en clase. Puede que la señorita Sprinkle se hubiera olvidado de ese pequeño problema; ya no diría ni una palabra.

No estaba por la labor. No tendría esa suerte.

—Ya que parece que no puedes prestar atención en clase, Juan, te pido que te vayas a sentarte solo en la clase que hay vacía al cruzar el pasillo y que pienses en estar tranquilo durante la hora que queda.

Con la cabeza baja, como la cola de un perro entre sus piernas, Juan se arrastró entre las filas de estudiantes que estaban sentados obedientes en sus pupitres; tenía la mirada fija en el suelo, entre las zapatillas de sus compañeros. Se sentía humillado con las actitudes que sus amigos pretendían tener de "yo soy el más bueno". Antes de salirse al pasillo, miró a Katie y le lanzó una mágica sonrisa.

La señorita Sprinkle esperó en silencio hasta que Juan salió de la clase y cerró la puerta con el mismo chasquido que de costumbre.

Juan entró en la clase vacía, en su prisión durante la próxima media hora, arrastrando las playeras contra el suelo. Escuchó cómo la voz tenue y chirriante de la señorita Sprinkle le decía a la clase:

—Disculpad la interrupción. Ahora, ¿quién puede decirme el nombre del tercer presidente de los Estados Unidos y por lo que es conocido?

Juan se imaginó a Katie, con su mano en el aire esperando a ser elegida: "¿Adams? No, ¿Madison? o ¿Jefferson? Sí, Jefferson. Es Jefferson". Katie seguro que lo sabía. Luego se imaginó a Thomas Jefferson con peluca y todo en un trineo llevado por perros por un campo de nieve árido. No podía recordar por lo que Jefferson era conocido pero seguro que no era por ir en trineo con perros en el ártico, aunque no le importaba mucho.

Juan era frágil, un chico guapo de 9 años con una nariz aristócrata y unos labios pálidos. A pesar de tener unas fosas nasales pequeñas, tenía un sentido del olfato agudo, como si fuera un perro, y olía todo lo que había a su alrededor. El olor fresco y distintivo de la nieve en Baffin había sido estimulante. Continuamente se echaba para atrás un mechón de su pelo castaño oscuro que le caía sobre el ojo derecho con un movimiento rápido y femenino que iba seguido de un movimiento de cabeza. Era el estudiante más pequeño de la clase, casi tres centímetros más bajito que Katie, pero a ella no parecía importarle. Sus enormes ojos negros hacían que, o bien quisieras abrazarle, o bien llorar.

Los pupitres vacíos con sus sillas giratorias hacían que la clase-cárcel pareciera aún más sola de lo que estaba. El olor a rancio de la tiza le recordaba al encofrado que había olido en la parte de abajo de su casa en una ocasión.

"Tarea: Páginas 110 a la 128 del capítulo 12" escrito en la pizarra le provocó un escalofrío. El colegio ya era lo suficientemente malo durante el día; la casa era para jugar. Estaba en contra de la tarea. Especialmente detestaba cuando sus padres, sobre todo su madre, le preguntaban si había terminado su tarea.

—Sí, mamá—decía él, fuera o no fuera cierto.

¿Por qué la preocupaba?

Juan suspiró profundamente preocupado porque su madre cancelase la cita con Katie el sábado. Sería terrible. ¡Maldita señorita Sprinkle!

Juan se sentó en uno de los pupitres en medio de la gran clase y miró alrededor intentando concentrarse en no hablar, pero no funcionaba ya que, hasta lo que él sabía, pensar era una forma de hablar. La única diferencia entre pensar y hablar era que nadie podía escucharle pensar; aunque tampoco estaba seguro de que eso fuera cierto. A menudo se preocupaba por que otros pudieran escucharle pensar ya que sus pensamientos sonaban muy fuerte en su cabeza, como por ejemplo cuando fantaseaba con Katie aunque ella a veces hiciera cosas que le enfadaran: su beso a la profesora y su falsa y dulce sonrisa le volvían loco de vez en cuando y le hacía saber que de forma inequívoca... no podía dejar de soñar con toda ella en general. Tenía ojos azul cielo, nada que ver con sus bolas negras. Le gustaría que, aunque fuera por una vez, se equivocara en clase, pero nunca lo hacía. Estaba convencido de que ella era la persona más inteligente del mundo, incluso más que sus padres o su hermana mayor (que era divertida e inteligente), pero no como Katie, que recordaba todo lo que leía o decía la profesora. El amigo de Juan, Larry, decía que Katie era un genio. Pero, ¿qué sabía él? Genio o no, Katie era perfecta.

"Piensa en estar callado" era la frase que se repetía en su mente, aunque él seguía dándole vueltas al hecho de que, hasta donde él sabía, el pensar era un modo de hablar, y eso no era estar callado. Intentaba pensar en tanto silencio que nadie pudiera oírle. No funcionaba. Pensar era pensar. Si tenía que parar de pensar para aprender cosas nuevas en clase, como la señorita Sprinkle decía, nunca aprendería nada. "Será que soy tonto y ya está", se decía así mismo, pero en realidad no se lo creía.

Fuera, las nubes se juntaban y los rayos de sol de la tarde entraban por la ventana, rebotaban en su pupitre y desaparecían. Con el reflejo, veía rayas en el pupitre que formaron un juego de tres en raya que llamó su atención. Marcó con una X una de las esquinas vacías de su mente pero no podría ganar el juego hiciera lo que hiciese. Fingió haber ganado y así se sentía mejor.

De repente se imaginó a su madre mirándole y diciendo: "¿Por qué no puedes estar en silencio en clase? Ahora tengo que cancelar la cita con Katie el sábado".

El sol desapareció por completo detrás de una nube negra y el viento soplaba.

Le entró un escalofrío al recordar los paseos heladores en zodiac del Ártico a pesar de que en la clase no hacía frío.

Pensó que estaba oliendo la lluvia, pero no llovía aún. ¿Por qué ya no podía confiar en su sentido del olfato? Si olía a lluvia, estaba seguro de que llovería en cualquier momento. Confiaba en su nariz.

Los parasoles de la ventana parecían sucios cuando el cielo oscureció. Juan pudo leer "Jimmy es un idiota" escrito por alguien con un dedo pequeño con la suciedad de la ventana. Recordó como su padre decía que el negativo de una película es un dibujo invertido y que cuantas más cosas transparentes haya en la película, más oscuras serán las imágenes en papel cuando se impriman. El recordar eso hizo que Juan pensara que la escritura en la ventana era como el negativo de una película y estaba orgulloso de haberse imaginado eso él solo. Después se preguntó quién narices sería ese Jimmy, pero no importaba.

Nunca antes se había percatado de lo sucias que estaban las ventanas. Se dio cuenta de que las ventanas también reflejaban imágenes como los espejos o eran prácticamente invisibles dependiendo de la claridad que hubiera fuera. Además, siempre le había confundido el hecho de que una ventana de cristal reflejara imágenes que hubiera cerca. ¿Cómo ocurría?

No se daba cuenta de que aquellas preguntas eran interesantes. Empezó a sentirse ansioso, como cuando se despertó aquella mañana de una pesadilla en la que caía por un tubo oscuro. Fue horrible. No, no lo era. Tenía miedo de que su madre cancelase la cita con Katie porque había vuelto a hablar en clase. De nuevo se imaginó a su madre diciendo: "¿Cuándo vas a aprender a estar callado en clase, Juan?" Y seguido escuchó a su padre decir: "Sí, seguro que te has esforzado por ser mejor en clase y por hacer lo que dicen tus profesores". Lo que su padre le decía nunca le molestaba tanto como lo que decía su madre, ya que sabía que su padre solo intentaba hacer a su madre feliz. Su padre solo se preocupaba por sus asuntos científicos del trabajo. Su madre se met A veces sentía pena por su padre porque su madre solo hablaba y hablaba, sobre todo en las cenas. Se preguntaba si su padre quería incluso que se fuera de la habitación a pensar en estar callada.

Juan intentaba sacar a sus padres de su mente, así que trató de convencerse así mismo de que no le importaba lo que dijeran.

Aquello funcionó durante un ratito, pero no duró mucho ya que sabía muy bien que sí le importaba lo que dijeran, sobre todo lo que dijera y pensara su madre ya que era ella la que mandaba en casa y todo el mundo lo sabía, incluso su hermana Linda que tenía 14.

Todos esos pensamientos le agitaron y quería estar solo, así que se levantó y se fue al final de la clase. Sería mejor que su madre no cancelara la cita con Katie. Eso le pondría muy furioso.

Cuando se sentó al final, todo parecía diferente. La clase parecía mucho más grande que cuando estaba sentado en medio. Tenía que entrecerrar los ojos para ver lo que había escrito en la pizarra al otro lado de la clase. Se imaginó la larga fila de pupitres vacíos que había delante de él, llena de niños hablando entre ellos pero ignorándole, como si fuera un extraño, como si no fuera parte del grupo, demasiado pequeño para encajar. Además, ninguno hablaba español como él y su inglés no era muy bueno todavía. Esto le hizo ponerse más nervioso, no estaba muy asustado, pero sí preocupado y un poco triste, como se sentía normalmente antes de ir a una fiesta de cumpleaños, o incluso antes de ir al colegio cada día. Nunca podía entender por qué se sentía nervioso antes de ver a otros niños, a pesar de que se sentía bien cuando estaba con ellos si eran buenos y no le provocaban. Su madre le había dicho que era la idea de estar con otros niños lo que le asustaba, y que ella le quería, pero todo eso no le había ayudado.

"Es increíble lo grande que se ve esta clase desde aquí", se dijo así mismo. Su voz tenue se oía rara cuando no había nadie que le escuchase.

Entonces intentó imaginarse cómo sería la clase si no hubiera paredes. Eso le hizo acordarse del Ártico, un lugar en el que no había paredes y en el que deseó estar una vez más.

De repente olió un olor extraño, dulce, un olor que le gustaba y no al mismo tiempo. Miró a su alrededor para ver qué podía ser y vio un caramelo medio mordido que alguien había dejado debajo de su pupitre. Se preguntó si el estudiante que lo estaba comiendo lo había tirado al suelo y tapado con el pie cuando había pasado la profesora. Eso es lo que él habría hecho. ¿Por qué se desharía alguien de un caramelo tan perfecto?

Empezó a sentirse hambriento. Miró al reloj en la pared y vio que eran las tres menos veinticinco. No podía creerse que solo llevara en la clase unos diez minutos; parecían horas. Sabía que el reloj no estaba roto porque el segundero estaba corriendo. Tenía otros veinticinco minutos por delante hasta que sonara la campana que indicaba que el día de cole había terminado. El tiempo pasaba muy despacio a veces, como ahora, y se empezó a preguntar por qué siempre el tiempo corría a la misma velocidad. Cuando estaba en la zodiac mirando a la pareja de osos polares que caminaban por la playa, el tiempo pasaba tan deprisa que parecía que no lo hubiera visto. ¡Era fantástico! Decidió que iba a escribir una historia sobre eso. Su mente aún no tenía claro si hablaría sobre los osos polares o sobre si serían buenos o serían fieras, pero lo aclararía más tarde.

Había tanto silencio en medio de esa enorme y sola clase como en medio de la nada en el Ártico. Todo ese espacio sin coches ni casas ni nada, sin ruido de ningún tipo, solo espacio y más espacio, gran cantidad de espacio con grandes rocas reposando sobre la nada. Ese pensamiento le hizo sentirse pequeño, tan pequeño que se preguntó si podría desaparecer. Fuera como fuese le gustaba ese pensamiento, desaparecer, así cuando la señorita Sprinkle viniera a buscarle no estaría, ni allí ni en ninguna parte. ¡Chico, se enfadaría! Sin embargo, espera, tendría que estar en alguna parte, todo el mundo está en algún sitio, y no se podía imaginar donde estaría si desapareciera, así que se olvidó de esa idea también.

Juan empezó a deambular por la clase sin ningún rumbo fijo. Tenía que quedarse allí o se metería en más problemas y eso acabaría con la cita con Katie el sábado de una vez por todas. Arrastró su mano por la parte de arriba de los escritorios, uno detrás de otro, y golpeó las sillas con suavidad; después siguió con la fila de pupitres que había en primera línea, donde estaba el pupitre del profesor. Paró en un lapicero, lo cogió y lo metió en su bolsillo. "¿Pero qué diablos?", pensó. Solo es un lápiz de madera en el suelo. No era como si estuviera robando ni nada por el estilo.

Cuando llegó al pupitre del profesor al principio de la clase, abrió el cajón central y vio unas cuantas tizas, unas pocas chinchetas y un pedazo de papel con un número de teléfono escrito. Al lado del número había escrito "Alice". Se preguntó quién era Alice, pero se olvidó pronto, cogió un trocito de tiza y empezó a dibujar caras divertidas en la pizarra.

Se sorprendió cuando escuchó: —Hola, Juan. ¿Ya estás callado?—desde la puerta.

Se giró y vio a Sammy corriendo por el pasillo hacia el baño. Un minuto después Sammy salió del baño y corrió hacia la clase sin mirar por la puerta.

De repente Juan se sintió muy muy solo, incluso más que antes; quería hacer pis pero tenía miedo de irse de la clase, así que se sentó en un pupitre cercano.

El sol asomó por detrás de las nubes un instante y su reflejo recayó directamente sobre los ojos de Juan, luego desapareció tras una nube negra haciendo que la clase se volviera de nuevo de un tono gris aburrido. Juan vio gotas de agua por la ventana.

"Sabía que olía a lluvia", se dijo así mismo sintiéndose bien. Siempre le había gustado la lluvia por alguna razón. Con lluvia no tendría que salir al recreo y en Puerto Rico, donde vivió hasta que tenía dos años, cerraban incluso las escuelas si llovía mucho. Le gustaba la idea del recreo, pero la realidad era que siempre se quedaba por ahí solo mientras todo el mundo parecía estárselo pasando muy bien. No le importaba mucho estar solo, pero le daba un poco de vergüenza, era como llevar un cartel que dijera: "nadie me quiere".

Juan miró al reloj de nuevo: Las tres menos diez. "Quedan diez minutos", pensó, para que su madre le recogiera. Siempre llegaba a tiempo. Contaba con que le llevaría algo para comer. No se enfadaría más con ella por ahora, pero una ola de fatiga le sobrevino. Apenas podía mantener los ojos abiertos, le preocupaba si debía irse cuando sonara la campana o esperar a que viniera la señorita Sprinkle a decirle que podía irse. Fuera como fuese no sabía qué tenía que hacer de deberes y necesitaba enterarse; con lo que odiaba los deberes. Pero si esperaba a la señorita Sprinkle, que no llegaría hasta pasados tres minutos de las tres, mínimo, los otros chicos le verían castigado en la clase y se reirían de él, su madre no sabría dónde estaba y se preocuparía. Siempre se sentía culpable si llegaba dos minutos tarde y su madre le preguntaba tajante: "¿Dónde estabas? ¿Qué hacías?».

Sus párpados cada vez le pesaban más y no quería tomar la decisión de si esperar a que la señora Sprinkle le liberara o si debería salir cuando sonase la campana, así que apoyó su cabeza sobre sus brazos cruzados en el pupitre. Sabía tan bien dejar todo estar durante un par de minutos.... No se acordaba de la última vez que se había sentido tan cansado. El peso de su cabeza sobre sus brazos delgados le hacía sentir bien; respiró profundamente. Cerró los ojos y la clase se volvió negra. Ya no importaba si había paredes o si estaba lloviendo fuera. Ya no importaba nada.

Aportaba tanta paz el flotar a la deriva en el mar de la nada en una clase vacía, estando donde se suponía que debía estar y sin tener que decirle a nadie nada, ni tan siquiera a él mismo pensando. Escuchó el sonido de una campana a lo lejos, como si viniera de otro planeta, y soñó con niños danzando por ahí.

—Juan, ¡despierta, despierta!

Sintió la mano de su madre en su hombro.

—¿Qué? ¿Dónde estoy?—dijo Juan sorprendido y confuso.

Levantó la cabeza y vio a su madre y a la señorita Sprinkle a través de sus ojos dormidos.

—He estado buscándote por todos lados ¡Estaba asustada! Por fin, cuando todos los niños se habían ido, fui a tu clase y, gracias a Dios, la señorita Sprinkle estaba todavía allí. Me dijo que estabas en esta clase, pero estaba segura de que habías salido cuando sonó la campana.

—Eh... Lo siento. No sé... ¿Qué hora es?

—Hora de irse a casa, Juan—dijo la señorita Sprinkle. — Ya le he dado a tu madre la tarea para mañana. Espero que hayas pensado en no hablar en clase.

—Ah, sí.

—Juan, ¿cuándo vas a comportarte en clase? Tienes que escuchar a la profesora si quieres aprender algo. ¿Qué has hecho sentado en esta clase vacía durante tanto tiempo?—preguntó su madre.

—Nada—dijo Juan y luego bostezó.

Ni una palabra sobre Katie y el sábado, gracias a Dios.

Contracepción del amor

—¿Eran los humanos que habitaban la Tierra algo parecido a nosotros?—preguntó Bettina.

—No, no del todo—dijo su madre. —Eran criaturas extrañas que dependían de apéndices o piernas, creo que las llamaban así, para desplazarse de un sitio a otro. Los humanos tenían también otras estructuras más discretas. Los ojos, por ejemplo, para ver, y las orejas para oír. Una vez que uno de ellos se ha integrado gracias a las oscilaciones harmónicas con el gorjeo de los pájaros_____, como en nuestro caso, es casi imposible comprender a unas criaturas tan bastas, inconexas y estructuradas del pasado. Aprenderás todo eso en el colegio cuando tengas cien años, pero por ahora es necesario que escuches hablar de Starglow y de Salawanda, como hice yo con mi madre. Verás. La historia habla del amor.

Bettina y su madre eran nubecillas que habían evolucionado por eones de tiempo por su belleza y eficiencia en el pequeño planeta de Coddle. Bettina había llegado a la edad en la que podía proliferar y tenía un revestimiento de color violeta que indicaba su capacidad para el amor. Había empezado a llenar el espacio infantil y giraba y giraba cada vez que mencionaba a Henle, una nubecilla más o menos de su edad. Eso asustaba a su madre. El amor era el único error de la antigüedad que había amenazado la serenidad del planeta; serenidad que los gobernantes habían luchado mucho por mantener.

—Escúchame por una vez, Bettina. Es necesario que sepas lo que voy a decirte.

—Okey. Venga, mamá.

—Starglow era un pensamiento dulce y feliz, aunque también era complejo.

—¿Yo soy compleja?

—Tranquila, déjame que siga. Sí, tú eres compleja como todas las nubecillas adolescentes.

—¿Qué tiene que ver Starglow conmigo? Yo lo sé todo sobre los pensamientos.

—Puede que así sea, Bettina, pero dudo que entiendas su origen y propósito.

Los pensamientos salen de las mentes humanas de la Tierra y se convierten en entidades independientes que escapan al espacio exterior infectando a otros planetas incluyendo el nuestro. Aquí está el problema, cuando el amor se pone en peligro.

—¿Problema? ¿Peligro?

—Claro. El trabajo de Starglow, como el de todos los pensamientos libres aquí en el pequeño Coddle, era habitar en los vibratones. Los gobernantes asignaban a los pensamientos un vibratón concreto. Esas asignaciones cambiaban con frecuencia como lo hacen hoy para maximizar el disfrute de los vibratones y lo hacían aumentando la diversidad de los pensamientos. Como era un pensamiento feliz, Starglow esperaba hacer que los vibratones estuvieran contentos y mantenerlos durante mucho tiempo.

—¿Mamá, por qué era tan importante vibrar?—preguntó Bettina con curiosidad.

—Bueno, el papel crucial de los vibratones era y hoy en día aún lo es, mantener el Movimiento Tostado, vibraciones constantes que producen calor. El sol está mucho más lejos de nosotros que de ningún otro planeta, y sin el calor de la vibración, alcanzaríamos los cero grados. Sería terrible. Todos nos congelaríamos hasta morir. Si los vibratones paran de vibrar se convierten en estatuatones, estructuras inmóviles e inútiles, que son una condena de muerte para todos nosotros.

—Todo eso suena un poco a teatro, mamá. ¿Has estado inhalando niebla?

—Claro que no. Escúchame, Bettina, señorita *sabelotodo*.

Las guerras no han sido las culpables de la extinción de los humanos en la Tierra. Ha sido el aburrimiento. Los humanos desarrollaron rasgos de los estatuatones y se quedaron en nada. Al aburrimiento mata en muchos sentidos, y en lo que respecta a nosotros, nos congela hasta llevarnos a la muerte. ¿Quieres extinguirte? Los gobernantes necesitan usar los pensamientos felices como Starglow como funcionarios que se ocupen de mantener a los vibratones alejados del aburrimiento y de impedir que estos pasen a ser estatuatones, entidades que ya no pueden vibrar; todo esto si queremos sobrevivir.

—Vale, mamá. He captado tu mensaje. Sigue.

—Cada humano tiene muchos pensamientos dentro de esa sustancia viscosa de su sistema nervioso central llamada cerebro y ahí se almacenan antes de que se conviertan en pensamientos libres.

—¿Qué es un cerebro?

—Para de distraerme, Bettina. Los cerebros son importantes. Los cerebros controlan todo en los humanos. Eso es un gran problema. Imagina que cada una de tus funciones depende de un todo centralizado, de un cerebro, que está conectado con cada parte de tu ser a través de frágiles y diminutas hebras llamadas nervios que se pueden romper o enfermar y dejarte impedido o mucho peor, muerto. Claro, que tanto los nervios como el cerebro, fueron un fallo de la evolución e hicieron la vida vulnerable, incluso a veces miserable, para aquellas criaturas primitivas. También los cerebros estaban terriblemente aislados ya que cada patoso cerebro estaba atrapado en un solo humano. Los cerebros hacen que los humanos se sientan solos.

—Es triste. Me hace querer involucionar.

—Oh, no, Bettina, eso sería un desastre. Escucha y aprende.

—Perdona.

—Los cerebros, a pesar de sus defectos, pueden generar muchos pensamientos que son los responsables de las emociones. Las emociones pueden desembocar en un gran caos y esto puede ser tan destructivo que los seres humanos no hacen más que intentar entender la relación entre los pensamientos y las emociones sin progresar nada. Todo es muy muy complicado.

—¿Qué son las emociones, mamá?

—Buena pregunta, Bettina. No estoy muy segura de cómo explicarlo. Es un concepto lejano también para mí. Sea como sea, los humanos no sabían todavía que los pensamientos necesitaban bailar con su propio ritmo. Los pensamientos aún no habían echado a volar. La conciencia estaba en su infancia. El resultado fue que todos los diferentes pensamientos de un solo humano quedaron atrapados en el individuo al igual que quedó el cerebro y eso llenó al humano de conflictos promovidos por las emociones y les convirtió en seres autodestructivos.

—No me lo puedo ni imaginar. Siento que quiero involucionar.

—¡No, por favor!

—Vale, vale. Bueno, puede que solo retumbe. ¿Es que eran los pensamientos algo parecido a Starglow o al resto de los pensamientos y estaban asignados a algún Vibratón?

—¡Exacto! Lo has pillado. Uno de los pasos más importantes de la evolución fue dejar que los pensamientos escaparan del cerebro y se volvieran independientes. Los pensamientos aprendieron a multiplicarse y a distinguirse entre ellos. Todo esto es un poco lío, pero lo más importante es esto: los humanos tenían muchos pensamientos atrapados en sus cerebros, todos ellos en estado de guerra civil y entonces, algo ocurrió en la evolución que permitió que los pensamientos encerrados se escaparan para convertirse en nuestros ancestros, los pensamientos ancestrales e independientes como Starglow.

—¡Guau! Todo está muy claro pero es difícil de creer.

—La Naturaleza no es simple, Bettina. De hecho, la liberación de los pensamientos dio lugar a un descubrimiento abismal. Se creía que los pensamientos encerrados en los cerebros provocaban las emociones; sin embargo, esta afirmación resultó ser falsa. Las emociones seguían en los humanos incluso cuando ya los pensamientos se habían ido. Este es el motivo por el que los humanos se hacían tanto daño los unos a los otros antes de su extinción y estaban constantemente supurando esa sustancia roja que ellos llamaban sangre. Envidia, avaricia, ambición, celos... todas esas cosas no significan nada para ti, pero se quedaron en los humanos una vez que los pensamientos se habían liberado.

—¿Qué es la envidia?

—La envidia es querer algo que tiene otro humano. No es importante, Bettina, eso es pasado, pero las emociones se quedan enmarañadas en los pensamientos liberados. Supongo que esto estará en proceso de extinción, pero sigue emergiendo incluso hoy aquí en Coddle y es importante que lo sepas.

—¿Qué sigue emergiendo?

—El amor. Nadie ha sido capaz nunca de definirlo.

La madre de Bettina dudó por un instante intentando recopilar las palabras precisas que ahora eran vitales.

—Voy a explicártelo así, Bettina... es un poco como el principio de la incertidumbre que estudiaste en física. Si hablas de la fuerza electromagnética que atrae una nubecilla a otra, es imposible reconocer el cosquilleo asociado con el amor.

Sin embargo, es ese cosquilleo el que atrae a ambas nubecillas. Si te centras en el cosquilleo, la fuerza electromagnética no se puede medir. Es imposible reconocer ambas fuerzas de atracción al mismo tiempo. O una o la otra. Y aquí es donde reside el mayor problema, el cosquilleo es amor y es lo que causa los daños.

—¿Han fluctuado alguna vez mis órbitas con el amor?

—No lo creo, Bettina, gracias a Dios, pero puede pasar. Y por eso es por lo que debes recordar la leyenda de Starglow y Salamander. Es necesario que conozcas la importancia de la contracepción del amor a tu edad.

—¡Contracepción del amor! Soy toda oídos, mamá. Ja, ja, ja, ja ¡Toda oídos! Qué raro. Sigamos.

—Starglow ya había crecido del todo como tú, y había trabajado en muchas tareas para los gobernadores. Ya que era un pensamiento feliz, cada vibratón que habitaba prosperaba. Uno de los vibratones en los que habitó incrementó la velocidad de su función tostada durante su ocupación e iluminó los alrededores con destellos rosados. Hay quien dice que ese es el origen del nombre Starglow. Sea como sea, un día hubo una rebelión de vibratones en un campo lejano y los estatuatones empezaron a acumularse. Aquello tenía que detenerse cuanto antes. Si más del 30 % de los vibratones se convertían en estatuatones, el área se perdería para siempre. Así que los gobernadores enviaron a sus mejores pensamientos a aquel campo problemático para parar la rebelión antes de que fuera demasiado tarde; Starglow estaba entre los rescatadores. Cuando llegó allí, la función tostada se había reducido y muchos vibratones habían perdido su brillo. Los gobernadores asignaron a Starglow a un pequeño y dulce vibratón en concreto. Se deslizó entre las muescas que había entre los termotransmisores como de costumbre. Hay cosas que nunca cambian. Al principio Starglow estaba trabajando a más no poder. Fue directo a la cavidad dignataria, exploró por allí un poco para ver qué tipo de prestación sería la más efectiva para este vibratón en concreto: monótona, entusiasta o algo intermedio. En mi opinión, si Starglow tenía algún fallo era su falta de espontaneidad, pero había algo especial y diferente en aquel vibratón que hizo a Starglow temblar.

—¡Madre mía! Temblar. Eso suena peligroso.

—Tienes razón, Bettina. Espera un momento. Starglow no mantuvo su frescor y quedó impresionado con los brillantes destellos de aquel vibratón. Y entonces, para su propia sorpresa, rompió la tradición del silencio y dijo:

—Hola, soy tu nuevo habitante. Estoy encantado de ocuparte.

También rompiendo la tradición, el vibratón respondió:

—Hola.

—Antes de que Starglow tuviera tiempo de ajustarse a aquel descubrimiento inusual, sus moléculas se reordenaron de forma involuntaria para pronunciar SALAWANDA.

—¿Ese es tu nombre?—preguntó Starglow.

—Sí—respondió ella emitiendo un color rojizo y contoneándose lo suficiente como para provocar en él un cosquilleo.

—¡Para!—insistió él.

—Deja de hacer el mono—dijo ella.

—El perímetro de Starglow empezó a caer y sus moléculas comenzaron a chocar entre sí. La legenda dice que cantó a Salawanda. No tenía ni idea de que el cosquilleo que sentía era amor.

—Gran palabra esa del "amor"—dijo Bettina.

—Salawanda se movía con rapidez emitiendo cada vez más luz y creando una atmósfera relajada, con más despreocupación de la que nunca antes un vibratón había emitido en toda la historia siempre que Starglow los había habitado. Desde el punto de vista de la función tostada, Starglow fue un éxito. Encontró la forma de mezclar todas sus moléculas con las de Salawanda y ambos brillaban al mismo tiempo; sin embargo, las tareas eran de corta duración y, cuando parecía que no había pasado casi tiempo, llegó un mensaje de los gobernadores ordenando que Starglow dejase a Salawanda de inmediato y se fuera hacia Squarefield, otra tarea especial le esperaba.

—Oh, no, no. Es terrible—gritó Bettina. —Dime que no es verdad. ¿Qué hizo Salawanda? ¿Qué le pasó a Starglow?

La condensación comenzó a formar gotas en su capa estratificada y comenzó a sentir miedo de involucionar.

—Es cierto, Bettina. Nadie había advertido a Starglow, ni a Salawanda, sobre el amor. ¿Recuerdas cuando te hablé de lo peligroso que era el amor y de que debías mantener la contracepción del amor lo más lejos posible?

En ese momento la madre de Bettina notó como una atmósfera fría la arroyaba y entendió que sus relaciones con Bettina ya no serían las mismas.

—¿Y qué pasó?—preguntó Bettina con mucha más naturalidad que antes.

—Tras el *shock* inicial provocado por el mensajero, las moléculas de Starglow se desconectaron y perdió la cohesión. Cada una de sus moléculas ondeaba de forma independiente. Desarrolló un desorden interno que hizo que semillas de tristeza fluyeran alrededor de su perímetro, lanzándose desde su núcleo en todas direcciones de forma simultánea, y eliminando todo resto residual de felicidad que pudiera quedarle. Salawanda perdió su brillo y dejó de vibrar. Nunca más volvió a regurgitar despreocupación y comenzó a segregar una sustancia pegajosa que impidió que ningún otro pensamiento volviera a entrar en ella. Tampoco fue ya capaz de convertirse en un estatuatón. Se quedó sin movimiento, sin pensamientos y vacía como el espacio que quedaba entre sus órbitas para la eternidad. Se convirtió en la nueva forma de la muerte.

—Pobre Salawanda—suspiró Bettina.

—Pues sí: pobre Salawanda y pobre Starglow también— dijo su madre. Starglow se alejó de Salawanda a medida que se iba quedando sin energía y se llenaba de frío. Se estiró hacia una dirección, después hacia la otra y reorientó sus moléculas para intentar imaginar cuál sería su próxima tarea, pero no sirvió de nada. Viajó más de 20 kilomeptrones lejos de Salawanda antes de congelarse y convertirse en un ente transparente e indistinguible desde la roca gris que le soportaba. Nunca más se le volvió a ver. Starglow y Salawanda probaron el amor, una tradición ancestral dejada por los humanos y no hubo marcha atrás. Son las emociones, Bettina; oh, qué peligro—dijo la madre de Bettina mientras su voz bajaba un par de decibelios.

Tras un momento de silencio, como si estuviera pasando un duelo y con toda la atención dirigida hacia su interior, la madre de Bettina miró hacia arriba y se encontró sola.

Bettina se había ido dejando solo un trocito de condensación en su lugar.

Cuando la madre de Bettina miró al horizonte, reconoció aquel destello violeta tan familiar que emanaba de la imprecisa nubecilla. También vio otra pequeña y viva nubecilla a su lado; era claramente Henle. Él también parecía brillar, pero con una luz más suave de color azul claro. Sus bordes se mezclaban y flotaban, solapándose y enmarañándose, transformándose en uno solo y separándose de nuevo, una y otra vez, sin preocupación aparente, como si no les viera nadie.

La madre de Bettina redujo su perímetro y contrajo su núcleo. Sus estratificaciones se hincharon.

—Lo he intentado—dijo en voz baja; después cerró sus poros de vapor.

Compresión

Rodney Stik, un hombre meticuloso de 22, cogió la foto en blanco y negro de Deloris y besó su mejilla como hacía cada mañana. Esa mañana en concreto dijo: "Te veo en unas horas", ya que iba a coger un avión desde su casa en Washington hasta Los Ángeles para encontrarse con ella.

Pero como verás, no todo sale como lo planeamos. Es poco probable que te creas lo que pasó, pero cuando reflexiones sobre los hechos, dudo que puedas encontrar una explicación mejor. Además, fui compañero de habitación de Deloris y sé que era totalmente honesta. Guardó su secreto hasta la muerte. Tristemente, eso pasó el año pasado, así que ahora ya estoy libre para contar la historia.

La historia comienza con Rodney, la persona más inflexible en todos los sentidos que conozco. Es necesario que sepas todo para creerte, si es que puedes, lo que pasó después.

Estaba rígido como un palo. El estiramiento era para él una pesadilla. Cuando hacía ejercicio con Deloris, veía con asombro cómo sus músculos se estiraban y se contraían sin apenas esfuerzo una y otra vez. Intentaba tocar sus pies ya fuera sentado en el suelo con las piernas extendidas o de pie, siempre con las rodillas flexionadas, pero era imposible. Rodney no podía doblarse. Tiempo.

Dejando lo anterior a un lado, a Deloris le encantaba hacer ejercicio con él. Creo que la hacía sentir como una atleta. Ella era un poco coqueta. Solía llevar camisetas cada vez más ajustadas para llamar su atención. Y creo que funcionaba.

Rodney conoció a Deloris en la biblioteca de la Universidad Americana de Washington mientras estudiaban duro para un examen de ingeniería. Estaba ojeando relajadamente una revista de moda y él envidiaba su despreocupación. A él también le gustaba que ella fuera bastante más bajita que él, que estornudara con estilo mientras que él intentaba estornudar de forma moderada, aunque sin conseguirlo, presionando sus dedos contra su labio superior, y que a ella no le molestara tener que susurrarle mientras le hablaba en la biblioteca.

Después de quedar durante unas cuantas semanas, descubrió que tenían también muchas diferencias: ella no se fijaba en los detalles, llegaba muchas veces tarde, la encantaban las sorpresas y odiaba la rutina. Ella vivía en un mundo de colores y él en uno de grises sombras.

"Solo sí...", pensaba él muchas veces. "Solo si pudiera parecerme un poco más a ella..."

Rodney estaba obsesionado con Deloris.

Ella danzaba, literalmente, en sus pensamientos de forma constante; por esto último a él enseguida le entraban las dudas, ¿sabría bailar o se tropezaría con sus pies si intentaba hacerlo haciendo el ridículo? Soñaba despierto con hacer novillos con ella solo por pasar el rato o con salir a dar un paseo con el coche, pero enseguida se daba cuenta de que sus profesores se darían cuenta de su ausencia o de que no estaría preparado para la clase del día siguiente.

Cuando se tumbaba en la cama por la noche se la imaginaba cantándole una nana y sentía paz, pero entonces se preguntaba qué estaría ella haciendo en ese mismo momento, o en quién estaría pensando o a quién le estaría cantando realmente la nana. ¿Sería a él?

Cuando Deloris lucía su sonrisa radiante y le tocaba en el brazo de tal forma que le hacía sentir importante, una voz molesta interior le decía que eso mismo se lo hacía a otros hombres. Y se preocupaba más aún.

Pobre Rodney. Estaba tan recto que _____

A Deloris le gustaba Rodney. Era menos obvio que lo de él, pero a ella también le gustaba mucho. Los polos opuestos se atraen, es tan simple como eso. Se conocieron en la facultad y se convirtieron en una pareja estable. A ella le encantaban esos ojos azules que radiaban luz celeste de día y de color aguamarina cuando se veían de noche a la luz de las velas. (Esto será importante después, tenlo en mente).

A ella le gustaba su sentido del humor negro, árido y sarcástico.

—Deberías vivir en una caja negra—le decía ella mientras él protestaba por esto y por lo otro—Entonces brillarás para contrastar con ella.

La encantaba que la necesitara para ser feliz y veía sus dudas incesantes como cualidades entrañables, tenía una modestia infinita y muy diferente a la de otros chicos que siempre estaban presumiendo.

Aunque su personalidad contenida y rígida podía ser exasperante, eso permitía que su espíritu deambulara entre límites seguros. Estar con Rodney era... cómodo.

Una semana antes de graduarse, Rodney y Deloris cenaban en un restaurante chino durante una gran tormenta. De repente, durante la comida, Rodney cruzó los dedos, respiró profundamente y miró a Deloris con intensidad.

—¿Qué pasa? ¿Hay algo que te molesta?—preguntó ella.

—Eh... Deloris, me preguntaba si... si tu... bueno...

Ella se movía con nerviosismo y colocó sus palillos chinos en el plato.

—¿Te preguntabas qué? ¿Que si qué?—preguntó ella.

—Bueno... tú me gustas mucho... quiero decir... creo que... no, no creo... yo...

—¡Madre mía vaya trueno!—exclamó Deloris.

—Sí, eso iba a decir yo. Deloris yo... yo te quiero.

Y allí lo dijo. Y después se preocupó porque no la hubiera transmitido lo mucho que significaba para ella y eso le hizo sentir ansiedad. Si ella iba a ser su mujer, las explicaciones sobraban.

—Lo sé, Rodney—dijo ruborizándose. —Yo también te quiero.

—¿Te casarías conmigo?—preguntó.

Ella aceptó. Tan simple como eso. Imagínate. ¡Qué mujer! Me quedé confuso cuando me lo dijo, pero así era y sería Deloris hasta el final. Impredecible. Encantadora. Impulsiva. Tolerante. La quería.

Si Rodney hubiera tenido el mismo destino si ella hubiera rechazado su propuesta o si se hubiera casado con otra persona, nunca lo sabremos. No es una cuestión trivial. A penas hay alguien que no se pregunte de vez en cuando cómo sería su vida si hubiera seguido un camino diferente.

Decidieron esperar antes de casarse. Rodney quería tener un trabajo bien pagado antes de emprender la responsabilidad de tener una mujer o una familia. Deloris estaba de acuerdo y consiguió un trabajo en la tienda de regalos de la Galería Nacional de Arte durante la semana y trabajaba como voluntaria como docente los fines de semana.

Mientras tanto el pobre Rodney se esforzaba. Tenía muchas entrevistas de trabajo con diferentes empresas de ingeniería, pero sus intentos por promocionarse eran inútiles. Intentaba, sin éxito, impresionar a sus entrevistadores con sus opiniones firmes como su amor por los edificios de proporciones perfectas y su aversión por los diseños asimétricos de los arquitectos de vanguardia. Era incapaz de suavizar sus estrictas opiniones sobre cualquier tema: la mejor forma de construir plantas hidroeléctricas, los peligros de la energía nuclear, la importancia de los pactos para el desarrollo de la vivienda... Tenía una opinión imperturbable sobre todo. Sus entrevistas siempre acababan de la misma forma: "Gracias, señor Stik, le llamaremos". Estaba contento de haber ahorrado mientras estudiaba en la Universidad el dinero suficiente en los trabajos de verano como ayudante de carpintería como para subsistir en los tiempos más difíciles.

Pasados 6 meses se volvió irritable y depresivo.

—Rodney, necesito un tiempo—le dijo Deloris un día. —Creo que sería bueno para los dos que nos separásemos por un tiempo.

Rodney se quedó blanco.

—¿De veras? ¿Qué piensas hacer?

—No te preocupes—dijo ella. —Podrás concentrarte en conseguir un trabajo. Yo siempre he querido ver la Costa Este. Creo que iré de Seattle a San Diego y exploraré las pequeñas ciudades que encuentre por el camino. Tan pronto como consigas un trabajo, volveré y nos casaremos.

—¿Aún me quieres?—preguntó con cara de tener ganas de vomitar.

—Oh, Rodney, sí. Nunca dudes de eso. Claro que te quiero. Será bueno para los dos. Ya verás. Nadie consigue un trabajo de inmediato. Lo estás haciendo bien y eso me da la oportunidad de hacer lo que siempre he querido. Somos afortunados.

Era firme con su estilo. Nunca había visto ese lado práctico y firme, admiraba la forma tan mágica que tenía de convertir la adversidad en oportunidad. Como la atracción electromagnética entre lados opuestos con una distancia cada vez más grande, Rodney perdió a Deloris; aunque está bien decir que a él también le alivió tener algo de libertad aunque la propia idea de libertad le asustara.

Pocos días después de que se marchara, sus paredes imaginarias empezaron a ceder y sintió que tenía más espacio.

Una mañana de domingo cuando ojeaba la sección de clasificados del *Washington Post*, se percató de un anuncio de trabajo interesante. Un tal señor William Short buscaba un empleado fijo para su reciente negocio. Acababa de abrir una tienda llamada "Dimensions" que vendía artículos de medición. Varios artículos de la tienda se describían. Una regla con la impresión a la inversa para zurdos, llamó la atención del zurdo de Rodney. Otro instrumento curioso era uno especializado que usaba rayos infrarrojos para determinar la distancia entre dos objetos. El trabajo atrajo la apreciación de Rodney por la precisión. Cuando Rodney llamó para solicitar el puesto de trabajo al día siguiente el señor Short dijo:

—Fantástico. ¿Puede venir ahora para una entrevista?

Rodney no estaba acostumbrado a respuestas tan positivas y acudió inmediatamente de una forma poco común en él. Al principio estaba algo rígido, pero se relajó cuando el señor Short dijo:

—Llámame Bill.

—Gracias, señor Short, quiero decir... Bill.

Era difícil para él no hablar con formalidades si no conocía bien a alguien. La reunión fluyó como fluye el aceite refinado sobre un cristal engrasado.

A Rodney le llamaba la obsesión de Bill por la precisión. Después del intercambio obligatorio de información, empezaron a debatir sobre el número de pasos que daría cada uno cruzando la tienda de pared a pared considerando la longitud de sus piernas. Aunque medía 1,93, Rodney dio unos pasos tremendamente pequeños para cruzar la sala y luego se disculpó por ser tan rígido en su manera de caminar; Bill, que medía 1,98 y orgulloso de ser el Short más alto de su familia, necesitó menos pasos para recorrerlo. Rodney habló a Bill de Deloris y le dijo que solo medía metro y medio.

—¿De veras? Eso es poco.

Rodney aceptó la oferta de William de empezar a trabajar ese día.

Sus primeros intentos por ser un dependiente aquella tarde fueron frustrados ya que sus clientes se preocupaban más por el diseño de los artículos que por su precisión o fiabilidad. Intentó convencer a un cliente de que medir era excitante, un viaje lleno de aventuras pero a cambio recibió un bostezo.

Al final del día Rodney decidió no decir nada y dejar que los clientes decidieran por ellos solos lo que querían con el resultado de vender un accesorio de 500 dólares para un microscopio que medía espacios minúsculos. Aquello le hizo inmensamente feliz.

Rodney tardó en hablar a Deloris sobre la tienda. Era supersticioso: pensaba que si era demasiado entusiasta demasiado pronto, desaparecería su buena suerte. Además, lo más importante era que tenía miedo de que Deloris no aprobara el hecho de convertirse en un dependiente en vez de en un ingeniero; sin embargo, Rodney no se sentía cómodo ocultándola algo y llevando lo que él consideraba una doble vida peligrosa ya que suponía una violación inaceptable de sus reglas personales. Después de una semana Rodney llamó a Deloris. Para su sorpresa, su entusiasmo traspasó su caparazón de protección.

—Deloris, estoy muy emocionado. Estoy trabajando todos los días en un buen trabajo, me encanta—la dijo sin darse cuenta de que había olvidado preguntar por ella. A Deloris la dolió que la ignorase, pero estaba sobrecogida por su tremenda emoción, un lado de Rodney que nunca había visto.

—¿Para qué empresa de ingeniería estás trabajando?

—Estoy trabajando para... Dimensions... pero... no es exactamente una empresa de ingeniería.

—¿Y qué es entonces?—Deloris preguntó confusa.

—Es una tienda que vende artículos de medición.

—¿Una tienda? ¿Eres dependiente?

—Sí, podríamos decirlo así. Deberías conocer a Bill Short. Es el propietario, es muy elegante y encantador y estoy ganando mucho dinero; es un muy buen trabajo, un trabajo con futuro, creo. A Bill le encanta medir las cosas, como a mí, y hablamos mucho sobre asociarnos en un futuro. Quiere que trabaje con él y no solo para él.

A medida que Rodney iba relatando su relación con Bill y lo que le gustaba su nuevo trabajo, Deloris se daba cuenta de que no iba a ser un ingeniero en prácticas, al menos por ahora. Cuantas más cosas oía, más beneficios veía; su frustración empezó a convertirse en aceptación.

—Ahora ya podemos casarnos Deloris—dijo mientras ella asimilaba toda esa información.

Deloris era una mujer práctica, como ya te había dicho antes. Rodney estaba en lo cierto, ahora ya podían casarse, como ella había prometido, cuando él encontrara un trabajo. Rodney la dijo que iría a visitarla a Los Ángeles la semana siguiente para que pudieran planear su boda. Reservó los billetes de avión aquella tarde. Había una tarifa especial disponible entre la fila 15 y la 30 en un avión nuevo que volaba un poco más rápido que el modelo anterior. Se habían añadido 4 filas más al avión y así cogerían 24 pasajeros más. Rodney estaba encantado de haberse ahorrado 57 dólares y 42 minutos: el avión ya no tardaba lo normal, 5 horas y 36 minutos. No había tenido en cuenta la pérdida de espacio.

Hasta ahora la historia es bastante común: dos jóvenes estudiantes que se enamoran, que tienen diferencias que creen que pueden superar y que planean casarse. Nadie tiene dificultades para creerse eso; es algo común. Lo que pasa ahora es lo que desafía la credibilidad de los lectores. Sin embargo, sí explica la misteriosa adquisición de una gran riqueza por parte de Deloris, pero bueno, me estoy adelantando.

Rodney llegó al aeropuerto más de tres horas antes de la hora de salida del avión debido a su obsesión por llegar pronto. Resultó que el avión se retrasó más de dos horas y después, antes de despegar, surgió un nuevo retraso de otras dos horas debido a una válvula defectuosa en el sistema de descompresión que debían fijar.

Cuando el avión despegó, Rodney debía tener un humor de perros y estar bastante agitado, pero lo que él sentía en aquel momento no sé ni si está al alcance de imaginarse, yo no puedo describirlo.

Deloris fue al aeropuerto vistiendo su vestido azul favorito para recoger a su prometido; se dirigió a la puerta de llegada que estaba antes de pasar las medidas de seguridad que evitan que la gente se reuniera con los viajeros en estas puertas. Vio cómo los pasajeros bajaban del avión, pero Rodney no estaba. Esperó otros cinco minutos pero él no aparecía; llamó a su apartamento y luego a su teléfono. Saltaba el contestador. Confusa y ansiosa, llamó a Bill Short a Dimensions.

—Hola señor Short, soy Deloris, la prometida de Rodney. Estoy en el aeropuerto para recogerle y estoy algo confusa. Su avión ha aterrizado pero él no ha salido con el resto de pasajeros. No contesta al teléfono de casa ni al móvil. ¿Sabe qué ocurre? ¿Sabe si venía a Los Ángeles hoy?

—Hola, Deloris. Rodney me contó todo sobre ti y me dijo que estaba emocionado de volverte a ver. ¿No iba en el avión? Es extraño. No tengo ni idea de dónde puede estar.

—¿Ayer estaba bien? Quiero decir... ¿se encontraba bien o le preocupaba algo? Ya sabe cómo puede ser Rodney a veces.

Bill la dijo que Rodney fue al trabajo el día anterior. Estaba nervioso y se pasó toda la tarde comiendo donuts y patatas fritas, pero en general se le veía bien. También le dijo a Deloris que Rodney se enfadó con un hombre que no se decidía entre dos marcas de láseres que medían distancias y que al final perdió la venta.

—Ese no era Rodney—dijo Bill. —Cuando me enfadé porque había sido duro con un cliente, Rodney me dijo que el tipo era un idiota y, disculpa mi francés Deloris, pero Rodney dijo que le dieran por culo. Disculpa. Él no era así. De hecho Rodney estaba en lo cierto, el tipo era un imbécil pero... ya sabes... hay que ser majo con los clientes. No sé qué más decirte. Desearía poder decirte más.

Deloris le dio las gracias y se escabulló hacia el avión cuando el asistente de vuelo miró hacia otro lado. Puede que estuviera enfermo y siguiera en el avión.

Había muchos periódicos, servilletas sucias, almohadas y varios líquidos que los asistentes de vuelo estaban limpiando, pero no vio a Rodney. Preguntó a uno de los asistentes si había visto a un hombre alto, delgado, con los ojos azules y de 22 años. Deloris le explicó que era su prometido, que había venido a recogerle, pero que no había salido del avión.

—Oh—añadió Deloris—es muy recto.

—Recto. Si, sé perfectamente a quién te refieres—dijo la asistente.

Le dijo a Deloris que el hombre que encajaba con quien ella describía se había sentado en el asiento 19A. La había llamado para un montón de cosas: agua, información, para saber cómo de alto estaba volando el avión, cuánto quedaba hasta que llegasen, y así.

—Era encantador y educado pero... ojo con él—dijo el asistente.

Deloris asintió sabiendo de lo que hablaba.

—Es cierto, tenía unos ojos azules brillantes—añadió la asistente.

Deloris se fue hacia el asiento 19A, un asiento con ventanilla. Se sorprendió por ver lo cerca que estaban las filas en esta zona, más cerca que en otras secciones del avión y se preguntó cómo habría Rodney puesto sus piernas. También pensaba que era raro que hubiera aceptado un asiento con ventana. Él la había dicho que estar atrapado en un asiento de ventana era como estar metido en una lata de sardinas con la tapa cerrada.

Pero lo que viene ahora es tan sorprendente que debe describirse en detalle. Tened paciencia.

Deloris vio una camiseta arrugada en la esquina del asiento con un color parecido al de la tapicería, un par de vaqueros desteñidos en el suelo y calcetines y un par de zapatillas de correr debajo del asiento que había delante de Rodney. Algo confusa, Deloris sacó la cartera del bolsillo trasero de los vaqueros y vio el carné de conducir de Rodney. Cogió la camiseta y se sorprendió al ver que una piedra grande y brillante caía de ella. Se agachó para cogerla pero la distrajo un bolígrafo que había bajo el asiento, al lado de una bolsa de esas que se usan para vomitar; la bolsa tenía algo escrito con una letra simpática y estaba parcialmente cubierta por los vaqueros.

—¿Qué está pasando aquí?—musitó entre respiración y respiración.

Con el bolígrafo hizo un garabato en un pañuelo que había sobre el reposa brazos. El color de la tinta era el mismo que se había usado para escribir en la bolsa. Cogió la bolsa como pudo con el índice y el pulgar como si estuviera sosteniendo algo sagrado. La escritura parecía caótica, tenía líneas hacia arriba y otras hacia abajo y a veces parecía que las letras saltaban de la página. Se imaginó una partitura de una música cuyo tono sonaba irregular que podría acompañar una marcha firme de vete tú a saber quién. Miró con mucha atención la bolsa misteriosa intentando darle sentido y leer la primera línea.

¿Cómo he podido olvidar mi diario?
¡Maldita sea!

Aquella pregunta la sacudió. "Qué extraño", pensó. Conocía la obsesión de Rodney por escribir en su diario. Continuó leyendo.

No puedo sacar de mi mente la imagen de unos extraños
relajados tumbados cómodamente en primera clase, ojeando el
periódico o pareciendo estar absorbidos por su microcosmos,
totalmente separados de nosotros, ratones encajados
en nuestras ranuras de clase turista en este
tubo volador abandonado de la mano de
Dios; este lápiz relleno de carbón
con forma de carne humana.
El pensamiento de sus vasos medio llenos de zumo de naranja
no consigue humedecer mi boca seca, mientras yo estoy aquí
sentado esperando a la azafata, guapa pero ausente, claro que
nada que ver con Deloris, para que me traiga un vaso de agua.
Me imagino que se la habrá olvidado: mucha
gente con la que tratar, poco importa mi sed.
Si pudiera hacer pipí o quitarme el jersey...
Lo primero parece imposible ya que significaría sobrecoger a
la casi perfecta barricada de pasajeros dormidos que hay a mi
izquierda; y lo segundo... totalmente fuera de mi alcance.
Me siento muy dolido por haber intentado
dar este salto a Chicago.
Los músculos de mi espalda están aún recuperándose por
intentar maniobrar en los pocos centímetros que tengo con mi
brazo derecho entre la parte trasera del asiento reclinado que hay
enfrente de mí, mi cuerpo y la ventanilla que hay a mi derecha.
Hay 10 cm entre mi frente y la cabeza del
hombre que hay delante de mí.
Puede que 5, o bueno no, 6.

Sea como sea, debo decidir si prefiero hacer pis o beber.
Parecen dos elecciones ridículas.
Puede que sea mejor beber ya que el sudor se
hará cargo de mi necesidad de hacer pipí.
Dios mío, no es solo agua lo que necesito.
Necesito aire y aquí dentro no lo hay.
Espera.
Relájate.
Puedo respirar.
Mira.
Dentro y fuera, dentro y fuera.
Sí... pero aun así necesito aire.
La ventilación que hay encima de mí parece estar rota.
No puedo abrirla más y no siento nada de aire fresco.
Cerraré los ojos.
Así mejor.
Estoy en un desierto.
No, eso me hará sentir aún más calor.
Estoy en el ártico, mmm, blanca nieve preciosa a mi alrededor.
Siempre he querido ir al ártico: iglús, renos,
carámbanos translúcidos y diamantes relucientes
en los campos de nieve helada.
Espacio, espacio, espacio y vapor condensado que sale
de mi boca, una prueba visible de mi existencia.
No, no funciona.
Sigo sin poder respirar.
Sea como sea no puedo tener los ojos
cerrados, están abiertos como platos.
Miro fuera - eso es espacio.
Las nubes quedan tan lejos por debajo... no hay nada por encima.

¿Dónde acaba?

Deloris se sintió angustiada a medida que iba leyendo aquellas palabras de angustia y desesperación. Y la forma en la que hablaba del matrimonio, como si fuera un castigo, la dejó un profundo dolor en el estómago. Colapsó en el asiento 19C, en el asiento de pasillo, y se quedó mirando a la nada.

La asistente de vuelo caminaba hacia allí y vio los vaqueros tirados en el suelo.

—¿Qué es eso?—preguntó, quedándose consternada al ver a Deloris. —¡Cielos! ¿Está usted bien? Parece devastada, como si hubiera visto un fantasma o algo horrible.

—Sí... no.... no lo sé. Puede que sí. Los vaqueros... sí. ¿Qué piensas?—dijo Deloris.

—Lo siento. No estoy segura de lo que está pasando. Déjeme sola por unos minutos.

La asistente, perpleja y con mucho aún por limpiar, dejó a Deloris, a regañadientes, intentando recomponerse.

Deloris intentaba averiguar qué significaba todo aquello. Dejó de un lado la idea de ir a comprobar si estaba en los servicios ya que era imposible que hubiera dejado allí su ropa y caminara hasta allí desnudo. De hecho, aquel pensamiento ridículo la hizo reír y luego sentirse culpable. Se pellizcó para asegurarse de no estar teniendo una pesadilla. Giró la bolsa de vomitar, respiró profundamente y empezó a leer el otro lado.

Gracias a Dios por el hombre tan encantador que me ha
tocado al lado, un poco raro, pero ha permitido que mi
mente se aleje del misterio que ella misma se impone.
Tiene un nombre gracioso que apenas puedo entender.
Algo así como Mumbo-Jumbo.
¿Cuál es la diferencia?
Es algo tosco, un poco gordo, creo que tendrá metro y medio
de cintura, y tiene un gran pie, un pie muy grande.

Los pies le huelen un poco.
Se emocionó mucho cuando le hablé de Dimensions.
Me habló de James Bradley.
Nunca había oído hablar de él.
Medía ángulos exactos desde la Tierra a las estrellas,
con una precisión de seis puntos decimales.
Increíble, y sobre todo si tenemos en cuenta que fue allá por 1700.
Con los cambios en las medidas de los ángulos que registró
durante un año demostró que la Tierra se movía alrededor del sol.
Demostró que Copérnico tenía razón.
Cambió la forma de pensar de la gente, el pensamiento
del cielo y la Tierra, lo cambió todo.
Y todo lo que hizo aquel tipo fue medir ángulos
con mucho más cuidado que nadie.
Nunca descubrió nada sólido.
Ángulos, espacio vacío, la nada; nada que se pueda tocar.
Sin embargo, tuvo mucho más impacto
que cualquier cosa material.
Imagínatelo.
Siempre he sabido que las medidas eran vitales.
Precisión, exactitud.
Nada puede superarlo.
¡Ups! El chico de enfrente ha bajado su asiento.
¡Ayuda!
Estoy aplastado, siento que el techo del avión
empieza a aplastarme.
Una forma graciosa de aplastarme, sale de mi interior también.
Allí, me muevo un poco en mi asiento.
Un poco más de espacio.
¡Jesús, qué agobio!
No hay aire, nada, me siento como si
estuviera rodeado de nitrógeno.

Para, Rodney.
Te estás perdiendo.
Vuelve a la realidad.
No escribas nada más sin sentido.
¡Ay! Mi espalda.
Agua.
Aire.
El viejo gordo que hay a mi lado está roncando en alto.
Desearía poder quitar su maldito brazo de mi pierna.
Mierda.
Aire.
Deloris, te necesito, ¿cuánto más tengo que esperar?
Otras dos horas sentado al menos.
Te necesito.

Cuando Deloris leyó su nombre y que la necesitaba, dejó caer la bolsa en su regazo y sus ojos se llenaron de lágrimas. Deseaba haber estado allí. Cuánto sufrió Rodney. Cogió de nuevo la bolsa y volvió a leer las últimas líneas. A penas podría descifrar lo que decía.

Mepreguntosillegaremosatiempo.¿Azafata,vamosbien
de hora?
Todoloqueveoeselbrazodelpanzón sobre mi pierna.
¿Dóndeestá mi pierna?
Puedoverdondesolíaestar mi pierna.
¡Mi pernaestransparente!
¡Diosmío!
Nopuedocreerlo, mibrazotambién. Puedoveratravésdeél.
Azafata,creoquealgoterriblemeestápasando.
Meestoyvolviendotransparente.
¿Dóndeestámiagua?Aire.Ayuda.
Aúnsientomipierna,peroseestáhaciendocadavezmáspe

queña.Parecequenotengodedosenlasmanos.Todoestranspa
rente.Estádesapareciendo.¡Eh!Parecequetengomásespacio.
Yanonecesitomásaire.¿Esebrilloqueveosaledemibrazo?Tiene
paz,escómodo,comoelvientre,máscomprimido:Deloris,
Deloris,hola,adiós,adiós,teechodemenos,tequiero,séfeliz,
¿quéestápasando?Estoydesapareciendo,aúnestoyaquíperon
opuedenvermemnopuedenescucharme,aplastamiento,
aplastamiento,lasmoléculassehacenmásymásestrechasyesono
meayuda,no,noestoytanmal,adiós,mundo,adiós.

No había nada más escrito. Deloris se sentó, agotada, sujetando la bolsa. Pasado un momento, cogió la piedra brillante
que había en el suelo, la acarició y empezó a llorar.

—¿Qué pasa?—se preguntó a sí misma. Deloris se sentó,
miserable y perpleja, mientras los asistentes acababan de limpiar. Intentó darle sentido a todo lo que había visto.

—¿Es posible?—se preguntaba medio en voz alta. —¿Es
posible que Rodney se haya convertido en esta piedra?

Poco a poco, y tan ridículo como parecía, empezó a
creerse que el intransigente Rodney había sido aplastado
hasta tal punto que se había cristalizado en un diamante.
Tenía muchas preguntas. ¿Había traspasado la aerolínea los
límites de empaquetar a la gente de forma segura? ¿Era lo
demasiado rígido como para sobrevivir a aquella compresión,
sobre todo en un asiento de ventana que no le daba respiro?
¿Puede que fuera tan rígido, tan inflexible que se convirtiera
en una víctima catastrófica de la clase económica y de los
beneficios de la empresa? Si fuera así, Deloris imaginaba que
los destellos azules del diamante procedían de sus bonitos
ojos azules ahora encerrados en esa estructura de cristal y su
corazón fundido.

Deloris puso a Rodney, a su cartera y a la bolsa de vómitos en su bolso y salió del avión antes de que la asistente tuviera opción de preguntarla.

Se fue a la sala de recepción de equipajes para ver si podía encontrar su maleta. Le preguntó a un hombre muy gordo cuya apariencia se parecía a la que se describía en la bolsa de vómitos; le preguntó si su asiento era el 19B al lado de Rodney.

—Sí, señora, soy yo.

—El hombre que había sentado a su lado en la ventanilla era mi prometido, pero no le encuentro. ¿Tiene idea de dónde ha podido ir?

—No, señora. Es un tipo majo, pero un poco estirado diría yo, se pasó todo el vuelo quejándose de que sus huesos se estaban aplastando. ¡Qué sentido del humor!

—Sí, lo sé. ¿Pero dónde está?—preguntó Deloris.

—No tengo ni idea, señora. Yo me dormí y la asistente, una mujer maja, me despertó cuando ya habíamos aterrizado. Todo el mundo había salido ya del avión, así que cogí mis cosas y aquí estoy. Debió salir, pero yo no le vi. Lo siento, no puedo servirle de más ayuda. Disculpe. Aquí está mi maleta.

Deloris esperó hasta que se recogieron todas las maletas de la cinta. Había una que se quedó que le resultaba familiar y tenía escrito "Stik" y la dirección de Rodney en la tarjeta de identificación. Aunque creía, por increíble que pareciera la idea, que sabía lo que le había pasado a Rodney, llevó la maleta a la sección policial del aeropuerto ya que pensaba que era necesario denunciar su desaparición. No mencionó la piedra ni la bolsa ni la cartera. Sabía que no se creerían nada de lo que dijese.

Llena de desconfianza, Deloris se fue a casa asumiendo que Rodney estaba en su monedero. Le puso en una caja de Plexiglás con un mango de madera con la forma de una rosa y la dejó en su mesilla de noche al lado de su foto. Le besaba cada noche cuando miraba su fotografía y le daba los buenos días cuando se despertaba. A veces se lo llevaba al cine. Le hablaba de varios temas incluyendo política, arquitectura y, sobre todo, de cotilleos. De vez en cuando le preguntaba con aprensión qué quería decir exactamente cuando escribió en la bolsa de vómitos que *supuestamente* iba a casarse, y después seguía con preguntas sobre su ansiedad y su necesidad de espacio. Bueno, pensaba ella, ¿estaba él mejor con el espacio que tenía ahora?

Se enfadaba cuando se imaginaba que él rechazaba salirse un poquito de su estricta opinión o cuando pensaba que estaba en desacuerdo con ella, todo era raro. A veces pensaba que sus opiniones eran parecidas, sobre todo a medida que pasaban las semanas. En ocasiones se reía en alto cuando simulaba que él la contaba una historia divertida pero absurda y que la embele-saba con comentarios indignantes, políticamente incorrectos y obscenos. Cuando esto ocurría la encantaba y la divertía pensar que todos esos cuentos salidos de tono venían de Rodney, el cual sabía era tremendamente recto.

Todo esto lo mantenía en secreto para ella.

A medida que la imaginación de Deloris transformaba a Rodney en alguien de su creación, se hacía más y más difícil el separarse de él.

Ahora con su nueva forma brillaba, en lugar de ser oscuro como antes de cristalizarse. Ahora era el turno de que ella se obsesionara con él en vez de ser al revés. Pero a pesar de su capricho, era una mujer práctica. Rodney era un hombre in-accesible, y ahora era parte de su propia creación y tenía que dejarle ir. Ella también se dio cuenta de que sería lo mejor para él, ya que se imaginaba lo frustrado que se sentiría de dormir cada noche a su lado en esa caja transparente sin poder hacer nada más que verla, aunque solo eso la excitara.

La policía llamó meses después de que ella denunciara su desaparición y la dijeron que habían rastrado todas las calles y que no tenían explicación alguna para su desaparición. La asistente de vuelo había encontrado la ropa en el asiento 19A, pero no había ni rastro de la cartera ni de ningún otro tipo de identificación.

La ausencia de Rodney quedó como un misterio sin resolver, probablemente un acto criminal que llevó a su desaparición. Sus padres, sus amigos y Bill Short no tuvieron otra que aceptar aquel destino trágico para Rodney.

Un año después, Deloris se dio cuenta de su valor potencial como diamante y tomó una decisión vital para comenzar una nueva vida. Tenía la aprobación de Rodney.

—¡Es el diamante más grande, simétrico y perfecto que he visto en mi vida!—dijo el joyero. Nunca he visto uno igual. Por lo menos cuesta cinco millones de dólares, si no más. ¿De dónde ha sacado ese diamante?

—Oh, es una larga historia—respondió.

Por alguna razón, el joyero, un hombre guapo de su edad, le inspiraba confianza y, además, necesitaba contarle a alguien la historia, así que se la contó.

—Es ridículo—dijo el joyero.

—No importa. Lo que no sé no me hará daño.

—Por supuesto que yo no puedo comprarlo y dudo que pueda alguno de mis clientes, pero déjame darte un consejo: ¡Guarda esa piedra en un lugar seguro!

Le aseguró que lo haría y le rogó que no le hablara a nadie de la transformación de Rodney. La miraba incrédulo, pero la confirmó que su historia no saldría de allí.

Deloris se llevó a Rodney al museo Getty para ver si alguien estaba interesado en comprarle como una joya de muestra para enseñar en la sección de piedras raras. Les sobrecogió la belleza y el tamaño del diamante. Los expertos del museo observaron la piedra gigante y transparente con instrumentos sofisticados; aquello le habría encantado a Rodney. Concluyeron que era un diamante perfecto con el más bonito brillo azul aguamarina que habían visto nunca. El Getty pagó ocho millones de dólares por el diamante haciendo que Deloris se convirtiese en una mujer rica y soltera.

Aunque el hecho de vender a Rodney hizo que la devolvieran su libertad, perdió un gran tesoro. Guardó la caja de Plexiglás en casa en su mesilla durante algún tiempo después de que se hubiera ido, aunque el hecho de verla vacía la ponía triste, por lo que la metió en un cajón.

El joyero que había valorado a Rodney inicialmente, un italiano llamado Secondo, leyó la noticia de una venta récord en el periódico y llamó a Deloris para felicitarla. Una cosa llevó a la otra y poco después Secondo la propuso, con un anillo de pequeñas esmeraldas, que se casase con él. Pensó que, obviamente, un anillo de diamantes sería inapropiado. Deloris aceptó su propuesta con la misma sencillez que la de Rodney. Llamaron a su primer hijo que, por casualidad tenía los ojos azules, Rodney. Pasados cinco años tuvieron otro niño y una niña.

Aunque yo había sido el mejor amigo de Deloris desde nuestros días en la Universidad, no fue hasta el nacimiento de su hija cuando me contó toda la historia. Hasta donde yo sé, Secondo y yo éramos los únicos en los que confiaba. Ahora ya han pasado muchos años y Deloris y Secondo ya no están, así que me siento libre para contar la historia. Sea como fuere, así es como termina la historia: ella nunca se deshizo del todo de él. Después de casarse, Deloris seguía yendo al museo a visitarle. Cuando nadie miraba ni escuchaba, le susurraba cómo le iba la vida y lo que sentía. Nunca le habló a nadie de sus encuentros, ni si quiera a Secondo, al que llegó a amar muchísimo. Podía contemplar durante horas el mágico universo de Rodney y le imaginaba diciendo en su tono tranquilo y monótono: "Por favor, entra en mi mundo de orden eterno, te estoy esperando, no tengas prisa, no voy a irme a ningún sitio". Se quedaba hipnotizada repitiéndose esas palabras una y otra vez. Ella se convirtió en su reina y él en su rey y paseaban juntos felices en sus vidas paralelas de aquel paraíso de cristal.

Páginas en blanco

La ciudad de Florencia dormía en una noche de julio bañada por una humedad grisácea. Gentel Pinskal, aún desorientado por su viaje desde Ohio el día anterior, deambulaba por las calles vacías sintiéndose solo y extraño. El exceso de ciencia se disolvió en la niebla. Él no solo había ido a la conferencia sobre expresión genética para conseguir información; la información podía conseguirla en los periódicos. Estaba huyendo del abandono.

—Necesito una vida fuera de los tubos de ensayo, y Annie necesita más atención, atención que no le estás dando—le había dicho Rachel un año antes.

Gentel regresó a su laboratorio, enfadado porque ella no entendiera la presión que tenía para seguir estando donde estaba. Cuando se divorciaron, se convirtió en profesor titular asociado, pero en lo que al éxito se refiere, se sentía vacío. Rachel se había mudado a San Francisco y se había llevado a Annie, de 16 años, con una sonrisa asimétrica tan cautivadora que incluso su diente roto parecía adorable. Hablaba con ella de vez en cuando por teléfono, pero en cada llamada parecía cada vez más distanciada.

—Estoy bien, papá—le decía antes de que se fuera a Florencia. A él le preocupaba el modo en el que ella le hablaba de su novio.

—¿Cómo es, Annie?

—Es encantador, papá.

—¿Y qué más? Dime algo más de él.

—Bueno, pues tiene una gran cadena de oro, un gran tatuaje de una serpiente en su brazo derecho y coleta. Quiere hacer películas.

Gentel se dio cuenta de que Rachel llevaba razón: Annie era más importante que su permanencia.

A pesar de que era tarde, del mareo por los vasos de *Chiante* y las tazas de cerveza negra y el largo día de charlas científicas, Gentel continuó explorando el barrio. Los únicos sonidos de vida en aquellas calles desiertas eran sus pasos y el motor de algún coche o moto en la distancia.

Se metió en un callejón estrecho llevado por el tenue resplandor de una farola que emitía luz amarilla y naranja. A duras penas vio un arco más adelante y un zapato de mujer con mucho tacón que salía del pilar de piedra sobre el que apoyaba el arco. A medida que se acercaba a la columna, escuchaba silenciosos ruidos de mujer. Un hombre joven con la camisa medio abierta y pantalones ajustados tenía encima a una mujer con las rodillas flexionadas y los brazos pegados. En el pecho del hombre reposaba un gran crucifijo con una cadena gorda de oro. El novio de Annie se le apareció en la mente. Un anillo con una piedra en el dedo del hombre empujaba la cara de la mujer.

"Mierda", pensó Gentel con miedo de que pudieran verle.

La mujer era delgada y de apariencia frágil; más o menos medía metro y medio, lo que medía Annie la última vez que la vio hacía un año; sin embargo, la víctima que había delante de él no era una niña, ni el abusador era un padre. Su pelo corto estaba alborotado, y el color era difícil de adivinar con la luz que había. Su blusa sin mangas y manchada de sangre estaba rajada dejando mostrar su pecho. Salía sangre de un corte que tenía en el lado y estaba formando un pequeño charco entre los adoquines. Su mano la tapaba la boca dejando que emitiera quejidos débiles.

Gentel se acercó de puntillas a la tan delicada escena: un joven agresor estaba sujetando a una mujer joven, no mucho más mayor que Annie, en un callejón por la noche en medio de la Florencia medieval. El Jesucristo que había pegado al cuerpo del hombre emitía destellos al reflejarse en él la luz incandescente de la farola y contrastaba con el brillo del acero del cuchillo que el hombre sujetaba en la mano. La cuchilla curvada, manchada de sangre, tenía una punta muy afilada. El mando de madera tenía a una capa de barniz oscuro y una chapa de plata que cubría el final.

De repente, los ojos del hombre se volvieron. Gentel quedó helado, sus ojos se abrieron de par en par. El atacante hizo una mueca y levantó el cuchillo amenazando a Gentel. Meneó la cabeza lentamente de lado a lado como si estuviera intercambiando los roles de criminal a policía. Desorientado, Gentel se imaginó al agresor diciendo: "¡Mira lo que hemos hecho!". El agresor tiró el cuchillo y desapareció en la oscuridad así, como Rachel, como Annie, dejando a Gentel solo con la mujer. Cayó al suelo como si fuera una bufanda de seda. Él se agachó, le tocó el brazo y le acarició la mejilla con la parte trasera de la mano. Estaba fría y seguía como una roca.

—Qué angelito—musitó. —Qué ángel más perfecto.

Una imagen fugaz de Annie cerca de la muerte hizo que se apoderase de él un gran sentimiento de culpa por dejar que Rachel se llevase a aquella pequeña, por ser descuidado, por no haber sido capaz de ayudar a aquella mujer que reposaba sobre su pie.

Se sentó en el bordillo aturdido, confuso, sintiéndose inapropiado. "Tengo que hacer algo", pensó presa del pánico.

Como mucho tenía veinte años y llevaba una alianza fina en su mano izquierda. Pasó el brazo por debajo de su cabeza levantándola de los adoquines y colocó sus hombros en su regazo, como había hecho muchas veces para no despertar a Annie cuando se quedaba dormida. De repente sus ojos se abrieron como platos y su pulgar derecho se torció.

—¿Estás viva?

Silencio. Sus ojos se cerraron de nuevo. Puso su oreja contra su pecho para escuchar su latido pero no escuchaba nada. La buscó el pulso en la arteria yugular en el cuello pero no detectó nada. Puso su mejilla al lado de su boca; sin respiración. Apretó sus dedos y pellizcó su pecho. No había signos de vida pero, ¿cómo estar seguro? No era doctor.

—¡Ayuda! ¿Puede alguien ayudarme?—gritó.

Sin respuesta. Lo intentó de nuevo.

—¿Hay alguien por aquí?

Escuchó el ruido de una scooter en la distancia. Su pánico incrementó cuando se repitió la acusación: ¡Mira lo que hemos hecho!

Desesperado por recuperar de nuevo su compostura, miró a la calle de adoquines con deshechos de basura por todos lados, las tiendas cerradas y respiró profundamente.

Y después la miró a ella, tirada en paz, sus labios separados lo justo para mostrar un poco del esmalte que había debajo de aquellos labios color coral; sus ojos, cerrados como si estuviera dormida. Su cabeza y sus hombros reposaban sobre su regazo, de forma natural, cómoda. Su pelo suave olía a pera. Seguro que se acaba de marchar, pensaba Gentel.

Recogió el cuchillo y comenzó a ver unas iniciales, AP, inscritas en el centro de la parte plateada que había al final del mango.

—¡Annie Pinskal!

Cogió la sangre de la cuchilla con sus dedos y tiró el cuchillo con horror cuando se dio cuenta de lo que estaba haciendo.

"Puede que AP sean las iniciales del proveedor", pensó, o las del propietario.

—Lo siento, lo siento—susurró mirando aquel cuerpo en paz.

Se apoyó en el pilar; su camiseta gris tenía sangre. Agarró su cintura, cubriendo parcialmente la raja que tenía en el lado con su mano, apreciando con extrañeza aquel momento en el callejón. La sangre de la herida se estaba secando. En su mente apareció la mirada enfadada y acusadora del agresor.

"Yo no soy el culpable de esto, ¿no? A ella ya la habían acuchillado cuando yo llegué, ¿no?", se preguntaba a sí mismo; su voz cruel le torturaba. "Le has dejado ir. Escuchaste una moto. Debe de haber alguien que pueda ayudar. Pero tú has querido estar solo con ella".

Gentel acarició su cuerpo con su mirada, el peso de su cuerpo reposaba sobre sus muslos. Empezó a hablarla como si estuviera viva, como si pudiera entender sus sentimientos, algo que Rachel nunca hizo y que Annie no pudo hacer por ser demasiado joven. Cerró sus ojos y escuchó su corazón. No importaba que no pudiera oír sus palabras. El sentir su pequeño cuerpo perfecto contra el suyo era lo que importaba. Sentía calor, pero un calor que le gustaba cuando sentía la sangre en su mano izquierda; puede que fuera en parte porque aunque no estaba bien y era ilícito, seguía siendo excitante. Se convirtieron en uno solo en un mundo de sueños entre la vida y la muerte.

—La ciencia está bien... bueno... pero necesito más—le dijo—quiero amor.

La palabra "amor" retumbó en su mente: "amor, amor, amor". Sus pensamientos se trasladaron de forma momentánea a la biografía de Miguel Ángel que había leído hacía poco y se preguntó cuánto había de cierto y cuánto de imaginario en el autor.

—Siempre he querido ser escritor—le dijo—para crear mi propio mundo de papel. Me gustaría escribir un poema sobre nosotros escapando a un país en el que no hablaran nuestra lengua y...

De pronto paró de hablar y el pánico invadió de nuevo su fantasía. «¿Qué estoy haciendo? ¿Estoy chiflado?"

Contempló sus pómulos altos, sus delicadas pestañas castañas, la sombra de ojos suave verde azulada y el pequeño hoyuelo que vio por primera vez en su barbilla: se había enamorado plenamente de una mujer casada y muerta. ¿Cómo podría explicar aquella situación si llegara alguien ahora? Tenía que dejar aquel lugar de inmediato.

Antes de escapar, cubrió su pecho con su blusa rasgada y dejó su cabeza con suavidad sobre el suelo.

—Descansa en paz—dijo.

No pensó en borrar sus huellas del mando del cuchillo que había a su lado antes de marchar. No estaba puesto en el tema.

Gentel durmió hasta el mediodía. Imagínate, ¡pudo dormir! Estaba exhausto.

Después de aquella tarde, le dijo a sus compañeros que tenía diarrea, que había cenado demasiado y que lo sentía por faltar a sus clases magistrales. Pensó en contar que había visto un cuerpo sin vida en aquel callejón la noche anterior, pero era demasiado tarde, la policía querría saber por qué no había acudido a ellos de inmediato; entonces recordó sus huellas en el mando del cuchillo. No creía que nadie le hubiera visto la noche anterior, ¿cómo estar seguro? ¿Qué pasaba si alguien le había visto? Tenía que actuar como si nada hubiera pasado. Revisó los periódicos y vio las noticias en la televisión durante los dos días después del suceso antes de volver a casa pero nada se dijo del asesinato. Aquello le confundió, pero pensó que lo habrían dicho en algún medio local.

No podía sacar de sus sueños aquel dulce olor a pera de su cabello y la presión que hacía su cuerpo contra el suyo cuando volvió a su apartamento en Ohio. Su imagen le consumió durante el año siguiente.

Gentel volvió a Florencia al verano siguiente como miembro de un grupo asesor internacional para conseguir financiación para su investigación en Europa. Después del primer día de trabajo volvió al callejón donde sucedió el asesinato. La estrecha calle parecía vacía sin su presencia. Se preguntaba quién la había encontrado.

Se sentó en la curva en la que se había sentado el verano anterior y la imaginó en su regazo, pero esta vez, sus brazos le rodeaban a él mismo en vez de a su cintura.

—Lo siento, lo siento mucho—dijo de nuevo en voz baja al igual que hizo la noche en la que la descubrió.

Durante aquellos momentos de recolección de recuerdos, de duelo y de culpabilidad, los turistas y los residentes de la zona caminaban por allí mirándole sentado en la curva como si nada fuera de lo normal hubiera ocurrido.

Cuando concluyó la mesa redonda de Gentel al día siguiente, fue a la biblioteca de archivos de periódicos en inglés para buscar por homicidios sucedidos hacía un año en Florencia. Comprobó la lista de personas muertas en la pequeña impresión de obituarios esperando encontrar alguna clave que la identificara, una mención a un corte de cuchillo en su lado izquierdo o, con suerte, alguna foto. Visualizó su cara tan claramente como si la hubiera visto ayer. No encontró rastro de ella.

Gentel volvió a su vida de soltero sin color en Ohio. En ocasiones quedaba con alguien, la mayoría de las veces citas a ciegas que le habían preparado sus amigos, pero solamente pensaba en ella.

"Lo siento pero no estoy preparado todavía", esa era la tónica general cuando acababan sus citas.

Se centró en su investigación, veía la televisión y se obsesionó con ella. Se convirtió en la mujer fantasma con la que quería compartir su vida, algo así como el amigo imaginario de cualquier niño. La hablaba en silencio.

El hecho de no saber su nombre mantenía su misterio, la mujer de sus sueños, la amante clandestina e invisible que no tenía ninguna de las imperfecciones ni reproches de Rachel. Era como si su vida anterior hubiera sido la preparación para aquella relación secreta. Ella parecía muy feliz en su mente, sonreía con las bromas y eso a él le encantaba. Él se imaginaba cómo sentía su movimiento sensual en su regazo en vez de que estuviera tumbada sin poder moverse como ocurrió la noche del asesinato. Ahora era completamente suya. La relación íntima e imaginaria de Gentel intensificaba su sentido de la culpabilidad. Agonizaba con el hecho de no haber intentado lo suficiente salvarla y le preocupaba que alguien le hubiera visto aquella noche, puede que desde una ventana cercana, o que le hubieran visto abandonando la escena del crimen y le inculparan por asesinato. O, irónicamente, puede que el hombre del cuchillo le dijera a la policía que le había visto apuñalarla y les mostrara una foto suya. Su historia sería corroborada con las huellas de Gentel en el mango del cuchillo. Era cuestión de tiempo. Pero no había noticia alguna del asesinato, era como si no hubiera ocurrido nunca.

Cada vez que alguien llamaba a la puerta o el teléfono sonaba, Gentel se preocupaba por si era la policía diciendo: "Disculpe, ¿ocurrió algo cuando estuvo en Florencia para una reunión científica en 1972? Tenemos algunas preguntas que hacerle sobre el brutal asesinato a una mujer y tenemos razones para pensar que usted sabe algo al respecto".

En muchas ocasiones Gentel hacía un listado de todas esas razones en su mente. Aunque estaba atormentado, tenía también una sensación constante de que si ella hubiera estado viva y si la hubiera salvado, ahora estaría en Italia con su marido en vez de con él. Eso le aportaba una pizca de satisfacción por el hecho de no haberla salvado. ¿Actuaría de la misma forma de nuevo? No lo sabía; finalmente pensó que era una pregunta irrelevante. Las mismas circunstancias no se repiten nunca de la misma forma.

La relación imaginaria de Gentel le distrajo de su carrera; esto no le vino nada bien. Publicaba muy poco y las clases magistrales que daba eran bastante pobres. Tenía pesadillas con frecuencia. En una de ellas salían esposas con sus iniciales, G.P., y gente mirándole como si fuera él el asesino. En otra aparecía ella adorándole, pero siempre en la distancia. Hay otra que se puede describir con más detalle. Empezaba con él sentado en el banco de un parque hablando con un hombre extraño mientras ella le miraba desde un lugar cercano. El extraño le decía que acababa de volver de Florencia donde estaba estudiando criminología. Gentel le preguntaba que si había muchos asesinatos en Florencia. El hombre contestaba: "Unos pocos, la mayoría crímenes pasionales. Es doloroso cuando una mujer joven es la víctima".

Cuando una mujer joven es la víctima... una mujer joven la víctima... eso hacía eco en la mente de Gentel mientras dormía.

Veía como su amor llegaba hacia él con la blusa rasgada y cubierta de sangre. Desaparecía en un túnel estrecho de adoquines. La escena cambiaba y Gentel aparecía solo en una robusta banqueta de madera en un calabozo muy pequeño sin ventanas. Un atisbo de luz sin procedencia le cegaba. Le preguntaba a un policía uniformado con una enorme placa con las iniciales A.P. escritas con la misma letra que las del filo de plata del cuchillo, que si había muchos crímenes sin resolver en Florencia. El policía le contestaba: "Estás tú muy interesado en los asesinatos. ¿Le ha pasado algo a alguien que conocieras en Florencia?».

Cada vez que tenía esa pesadilla, siempre en ese mismo momento, se despertaba empapado y ansioso. Aquellos sueños continuaron durante 20 años.

Cuando tenía 65, Gentel decidió poner su vida en orden. Dejó la Universidad y se alquiló un apartamento en Florencia, sin saber muy bien si estaba escapando de su vida en Ohio o si estaba llevando su hogar a su verdadero sitio. Poco después de llegar a Florencia volvió a la calle de adoquines y se sentó en el mismo lugar en el que se enamoró. Escuchó decir: "Gracias" en su mente mientras sentía como su alma volvía a casa agradecida. Ahora se sentía como un viudo. Decidió quedarse en Florencia.

Un día entró a una tienda que tenía en el escaparate libros muy llamativos con la cubierta de cuero. Cuando pasó vio muchos libros parecidos en las estanterías y en mesas.

—¿Puedo ayudarle?—preguntó el propietario de la tienda con una sonrisa cautivadora. Gentel sintió una unión con él.

—Sí, por favor. Tiene libros muy bonitos.

—Ah, gracias. Coja uno. Siéntalo en sus manos.

Gentel abrió un libro pequeño con oro troquelado en la cubierta de cuero. El libro estaba lleno de páginas en blanco hechas de papel reciclado. Era magnífico. Miró muchos más libros.

—¡Estos son maravillosos!—exclamó Gentel pasando los dedos por la encuadernación.

—Son piezas de arte.

—Sí—contestó el vendedor con inmodestia. Gracias. Yo, Giorgio Bellini he hecho todos y cada uno de ellos.

Gentel miró alrededor de la tienda cogiendo libros al azar y apreciando la gran calidad de las cubiertas de cuero maravillándose del gusto impecable de los diseños.

Después de una pequeña charla, Giorgio, que sentía también un vínculo hacia Gentel, le mostró un rincón que había en la parte de detrás de la tienda en la que restauraba manuscritos antiguos. Con cuidado pasó las páginas de un tomo del siglo XVII que estaba restaurando, hablando italiano tan rápido que lo único que Gentel entendió fue que estaba ante la presencia de un artista. Volvieron a la parte principal de la tienda y Giorgio cogió un libro y lo abrazó.

—Las páginas en blanco. Esperanzador, ¿no? Son emociones que aún no han sido expresadas.

La escena era surrealista: un hombre perdido entre sus propias creaciones en un mundo lleno de páginas en blanco esperando a ser rellenas. Cada libro ofrecía una nueva vida a alguien que tuviera el coraje y la imaginación de meterse dentro, de escribir su propia historia. Gentel miró muy bien los libros. Los más pequeños cabían en la palma de su mano; cada uno era una joya. Los más grandes pedían que alguien escribiera en ellos historias de amor y anhelos para dar vida a aquellos tesoros dormidos. Se preguntaba si él podría componer algo tan bonito como los libros y se acordó de ella reposando sobre su muslo.

"Escribir historias en estos libros sería como dar a luz", pensó y se imaginó sus ojos abriéndose en su cara de ángel.

—Quiero comprar estos dos—dijo Gentel.

—Vale, pero el grande es especial—dijo Giorgio con la voz medio alzada.

—Lo sé. Es por eso que quiero comprarlo.

—Lo siento—dijo Giorgio. Ese no se lo puedo vender. El pequeño sí.

A Gentel le sorprendió que Giorgio no quisiera vender uno de los libros que tenía en la tienda.

—¿De veras?—dijo él. —Qué extraño... pero si es eso lo que siente...

Gentel entendía la dificultad de renunciar a algo que era de la propia creación de uno. Estos no eran solo objetos a la venta aunque estuvieran en una tienda; eran la familia de Giorgio, sus amores. Gentel encontró otro libro para acompañar al pequeño y compró los dos.

Giorgio, también soltero, tenía una calidad desgarradora, una tristeza distante que resonaba con Gentel y que le daba una familiaridad rara. Gentel iba a menudo a la librería y se hicieron amigos. Ellos hablaban sobre fútbol, política y arte. Los dos hombres estaban unidos. Gentel, que necesitaba una vía de escape para gastar su tiempo, se convirtió en el aprendiz de Giorgio y aprendió a hacer libros con páginas en blanco. Cuando un cliente quiso comprar uno de los libros de Gentel muchos meses después, Gentel lo abrazó contra su pecho como había hecho Giorgio en su día. Era más que un libro, era parte de él. Las páginas en blanco necesitaban rellenarse.

—Lo siento—dijo Gentel. —Este no está a la venta, es especial y no está acabado aún. ¿Puede buscar otro?

El cliente miró enfadado pero Giorgio sonrió y Gentel asintió.

—¿Y este?—preguntó el turista. —¿Cuánto cuesta este?

Ahora era el turno de Giorgio. El libro era uno de sus favoritos.

—Ese tampoco está a la venta—dijo uniéndose a su amigo.

—¿Estáis bien de la cabeza? ¿No es esto una librería? ¿Cómo ganáis dinero?

El cliente entró en cólera y los dos amigos se rieron. Gentel había encontrado un nuevo hogar. Hacía libros grandes y pequeños con cubiertas de cuero y diseños abstractos, la mayoría con líneas curvas y de distinto grosor con pan de oro que brillaban como el pelo de Annie al sol cuando era una niña. Al no haberla visto durante muchos, muchos años, no sabía si su cabello era aún rubio. Probablemente había perdido su lustre rubio, o puede que se lo hubiera teñido de castaño o de ocre o bueno... quién sabe. Habían perdido el contacto cuando Rachel se casó de nuevo y Annie se fue a la Universidad. Se convirtieron en páginas en blanco.

Algunos de los libros de Gentel tenían muchas páginas, otros, pocas; algunos tenían páginas rosadas que recordaban a su tono de uñas la noche del asesinato; otros tenían un color crema, el color de su pantorrilla. En ocasiones expresaba sus deseos en sus libros. En uno fantaseó con que la muerte se hizo con la vida de una joven enferma terminal haciendo que se reencarnase en un espíritu libre en el corazón de un hombre solo. En otro, escribió un poema de versos yámbicos sobre la libertad de los chamanes para transformarse de espíritus a humanos y al revés; en otro escribió otro poema corto sin rima sobre la inutilidad de las fuerzas siniestras que intentan matar a los ángeles en el cielo. No tenía el deseo de publicar su trabajo ni de enseñárselo a nadie; era tan privado como su imaginación.

Un día después de muchos meses, Gentel le habló a Giorgio del asesinato. Confesó su culpabilidad por no haber intentado salvarla, por estar feliz de que el asesino saliera corriendo y le dejara solo con ella, y cómo le había entregado su corazón a aquella víctima.

—Se convirtió en una parte inseparable de mí, más que una mujer—dijo. —Sé que es extraño, Giorgio. Rachel se marchó, se llevó a Annie, yo estaba solo... y deberías haberla visto. Un ángel. Siempre estará en mi mente. ¿Cómo describir la perfección? Era arte humano... llenó el vacío que había en mí... las páginas en blanco... y aún lo hace. Siempre he vivido con ella... durante 25 años... no, alguno más.

—¿Por qué no llamaste a la policía o a la ambulancia?

—Pedí ayuda, miré alrededor, pero estaba desierto. No sabía dónde ir, no hablaba ni una palabra de italiano y me sentía como cómplice. No puedo explicarlo. La quería solo para mí. Pensé que estaba muerta... que debía estarlo... no sentía su pulso, ni su respiración, ni movimiento.... ni una vibración. Oh, Dios, no puedo hablar más de esto.

Giorgio elevó sus cejas y agitó su cabeza perplejo. Los años pasaron sin sobresaltos. Gentel aprendió italiano, creó libros con páginas en blanco y ayudó a Giorgio a restaurar antiguos manuscritos.

Aunque Gentel no habló más del tema del asesinato, las cubiertas de cuero de sus libros a menudo revelaban sus memorias y fantasías. En algunos dibujó el callejón poco luminoso con un solo rayo de luz de una farola incandescente o la imagen nublada de un ángel bajo un arco. En una ocasión dibujó a un hombre, él mismo, con ella aún viva. Una aureola amarilla emanaba de su pelo corto. En su cubierta preferida ella estaba reposando sobre su muslo dormida con la sonrisa de la Mona Lisa. Guardó aquellos libros en una estantería en el apartamento. No estaban a la venta y la colección creció convirtiéndose en un lugar sagrado.

Cuando se inspiraba, escribía historias cortas en las páginas en blanco de sus libros preferidos y los cambiaba de estantería. También hacía libros para vender. Esos tenían formas abstractas en las cubiertas y, a veces aparecían adoquines. Estaban repartidos por la tienda de Giorgio. De forma ocasional rechazaba vender alguno de broma y los dos compañeros se reían mientras el cliente se marchaba perplejo e irritado.

Un día Gentel hizo un libro con la cubierta rosada, con un cuchillo con el mango de madera y una hoja curva en relieve en la esquina superior izquierda. Una placa de plata con las iniciales A.P. remataba el mango. Caían gotas de color rojo oscuro de la hoja del cuchillo a una piscina de color granate con fondo rosa. El diseño tenía una calidad grotesca; a Gentel le hacía daño mirarlo. Tenía también una calidad abstracta similar a la del resto de los diseños que había en la tienda. Añadió el libro a su colección privada y cada noche cuando volvía a casa miraba su cubierta y pasaba sus dedos por el mango del cuchillo que salía del fondo provocándole así una espeluznante sensación de *déjà vu.*

A medida que pasaban las semanas Gentel se fue obsesionando con aquel libro y se iba corriendo a casa para sentir la sensación del cuchillo. Soñaba con piscinas profundas de sangre que formaban olas en el viento. Sus sueños antiguos de esposas con sus iniciales y de policías interrogándole en un calabozo oscuro volvieron. Pensó en escribir la historia de un asesinato en el libro, la historia del quién lo hizo, pero nunca encontró las fuerzas suficientes. No le parecía apropiado. La ficción no era apropiada.

—Creo que quiero vender este—le dijo a Giorgio un día mientras que colocaba el libro en el mostrador. —En realidad, no estoy seguro. ¿Podemos dejarlo en la tienda y ver si alguien quiere comprarlo? Si no estoy aquí, me lo dices y lo decidiré en el momento. ¿Vale?

—Qué sombras rojas tan bonitas—dijo Giorgio. —Ah, el cuchillo.

Gentel no respondió y Giorgio le miró adrede.

—Podría ser—dijo Gentel. —Es lo que tú quieras que sea. ¿Nunca has visto una figura cuya forma has grabado en tu mente pero sin estar seguro de lo que el artista quería transmitir?

—Claro. ¡Eso pasa con mis propios diseños! Me gusta este libro. Vamos a ponerlo en el escaparate durante un tiempo.

Al día siguiente, una mujer bajita de unos 50 años, con voz ronca y pelo gris entró en la tienda.

Tenía una sonrisa dulce y un tímido hoyuelo en su barbilla.

—¿Puedo ayudarla?—preguntó Giorgio.

—Sí, por favor. Estos libros son muy bonitos.

Abrió uno y sintió la textura suave de las hojas en blanco hechas a mano.

—¿Le gusta?—le preguntó Giorgio. —Las páginas en blanco son para que el libro lo haga suyo.

—Oh, son preciosas. ¿Las ha hecho usted?

—La mayoría sí. No todas. Hay un amigo americano que trabaja conmigo ahora. Él ha hecho algunas.

—¿Un americano?—dijo elevando la mirada. Me encantan los diseños abstractos de las cubiertas de cuero, como los adoquines de las calles antiguas. Me gustaría escribir historias en estos libros. Escribo; escribo historias, poemas y pensamientos.

—¿En serio? Entonces estos libros están hechos para usted—dijo Giorgio.

—El libro que está en el escaparate, el rojo con la forma curva en la parte superior que parece la hoja de un cuchillo... ¿le gusta?

—Un libro muy bonito. Tiene muy buen gusto.

—No, mi amigo americano es su creador. No está aquí ahora. Tiene un resfriado y está en casa.

—¿Cuánto cuesta?

—No me lo dijo. No vende todos los libros que hace. Me dijo que no estaba seguro de este. Tengo que preguntarle. ¿Está interesada en algún otro libro?

—Me gustan todos, pero este en especial. ¿Le llama y vemos si quiere venderlo?

Se fue fuera para ver más de cerca el libro de Gentel y cuando volvió, Giorgio le dijo:

—Siento haberla hecho esperar. Mi compañero tiene problemas para ordenar su mente. Dice que es muy personal y no quiere venderlo, al menos por ahora. Por favor, eche un vistazo y coja otro que le guste.

—Lo siento—dijo ella. Hundió sus hombros.

—No quiero ningún otro por ahora. ¿Cree que cambiará de opinión? ¿Me llamaría si lo hace?

Se movió nerviosa.

—¿Podría darme su número de teléfono a ver si puedo convencerle para que me lo venda?

—Claro. Hablaré con él. ¿Dice que es escritora?—preguntó Giorgio.

—Sí.

—Me gustaría ver lo que ha publicado. ¿Podría darme títulos?

—Oh, no, no. Escribo, pero nunca publico. Por eso me gustan tanto estos libros. Son tan... personales y privados. Siempre escribo con boli, nunca uso el ordenador. Nunca le he enseñado a nadie lo que escribo, ni a mi marido. ¡Sobre todo a mi marido!

—Si no es atrevimiento, ¿por qué? Después de una pausa algo incómoda dijo:

—Escribo para que se cumplan los sueños de otra persona... de un hombre que nunca conocí. Los libros no son del todo míos. Es difícil de explicar. Son como una voz que sale de la oscuridad. No importa. Suspiró.

—Por favor, no olvide preguntarle a su amigo americano por el libro. Cuando llegó a la puerta añadió: —Si no quiere venderlo, por favor, dele mi número de teléfono y dígale que me llame. Puede que sea capaz de convencerle.

Desde la acera, se quedó mirando el libro durante mucho tiempo. Giorgio la miraba mientras se tocaba el lado izquierdo. Suspiró de nuevo, vio como Giorgio la miraba, sonrió con tristeza y se marchó.

—Dígale que me llame—murmulló dando un suspiro cuando él ya no podía oírle.

Piedra tallada

Finales del siglo XXI

—Un millón trescientos mil, ¿he oído un millón cuatrocientos mil?

—¡Uno cuatro!—se escuchó por el final de la sala.

—Sí, señor, un millón cuatrocientos mil del caballero de
la parte de atrás.

—¿He oído un millón quinientos mil por esta poderosa
talla Tutuyea Ikkidluak? Un millón cuatrocientos mil a la una...
a las dos...

A excepción de las piezas especiales africanas, el arte ét-
nico quedaba relegado a los escalafones más bajos de las subastas de Sotheby. En el siglo XX las subastas de tallas árticas
eran eventos menores a las que asistía un puñado de individuos
excéntricos a los que no se tomaba en serio en el mundo del
arte. Pero eso había cambiado a medida que progresaba el siglo
XXI, y en gran medida gracias a Jane Simonton, la reclusa que
escribió tratados académicos sobre su increíble colección de
esculturas Inuit.

—Un millón quinientos mil—dijo otra puja.

—Gracias. Tenemos un millón quinientos mil. ¿He oído
uno seis? Un millón quinientos mil a la una...

—¡Un millón seiscientos mil!

El señor Lansing debía tener la colección más grande de cuadros y porcelana impresionista y antigua del mundo. El arte Inuit era su nueva pasión.

—Un millón seiscientos mil a la una... un millón seiscientos mil a las dos...—dijo el subastador intentando retener su comportamiento profesional.

—Un millón setecientos mil—dijo una mujer de las filas laterales.

—¿He oído uno siete? ¿Es correcto?—preguntó el subastador.

Había silencio en la espesura del aire.

—Sí.

—Bien, pues un millón setecientos mil—dijo el subastador.

—A la una...

—Dos millones—respondió el señor Lansing dejando claro que iba a comprar esa pieza; el precio no era ningún problema.

La gran y vieja postora bajó sus hombros; su cabellera corta y gris como el acero se encrespaba con el calor de aquella tarde de julio en Nueva York. El martillo bajó cuando el subastador asintió al señor Lansing. Irreconocible y sin éxito en su puja, Jane Simonton se dio la vuelta y se marchó de la sala, sabiendo un precio que estaba fuera de un mercado instrumental que ella misma había creado.

Sesenta años antes

La lluvia hizo que el pelo fino y castaño de Jane, tan diferente del de su madre, caoba y refinado como la seda, se pegara a su cuero cabelludo.

Jane se parecía a su padre, el pelo oscuro, de complexión fuerte, un hombre grande que destacaba entre la mayoría de los escandinavos claros de piel que había en San Paul. Jane odiaba sus rizos, sobre todo en los días húmedos en los que su madre intentaba alisarlos con un peine rígido haciendo que Jane no se sintiera cómoda consigo misma.

—A papá le gusta mi pelo—le decía a su madre cuando su padre volvía de Vietnam; ella tenía 6 años.

Dos años más tarde su padre abandonó a su familia.

Durante el recreo en los días lluviosos en la escuela, los niños formaban pequeños grupos, los chicos en un lado del aula y las chicas en otro. Jane se sentía como un pilar de piedra plantado entre medias. Era al menos una cabeza más alta que el resto, lo que hacía que no pudiera mezclarse con los demás. A menudo se quedaba con Suzie a pesar de tener un sentimiento torpe de no encajar. Jane deseaba ser como Suzie o Suzie Q, como la llamaban, la popular Suzie Q, a veces solo Q y a veces Quizie Sue como la llamaban sus mejores amigos. Jane admiraba cómo Suzie se paseaba por el lado de los chicos, golpeaba a Jimmy en la espinilla y se volvía pareciendo una cometa con su coleta brillante rubia diciendo desafiante: "¡Te he pillado, Jimmy, sí, lo hice!". Lo que Jane quería hacer realmente durante el recreo era jugar con Freddy, pero él siempre estaba correteando por ahí con sus amigos. Se reía mucho y solía pasar sus nudillos por la cabeza de sus amigos diciendo lo suficientemente alto como para que todo el mundo pudiera escucharlo: "¡Chúpate esa, rata de alcantarilla!". Luego corría tan rápido como podía haciendo un baile divertido en la distancia y retando a su víctima para que le cogiera. Jane no tenía el coraje de Suzie para salir corriendo y golpear las espinillas de Freddy. Pero Jane tampoco quería eso. Quería salir corriendo y besarle en la mejilla. Nunca lo hacía, por supuesto, pero pensaba en ello muchas veces. Su amor estaba a salvo desde la distancia.

Cuando llegó la adolescencia veía como Freddy flirteaba con Suzie Q, ahora solo Sue, que era la presidenta de la clase.

Cuando Sue le guiñaba el ojo mientras movía su cuerpo de animadora, Jane miraba para otro lado. No había forma de que Jane fuera animadora. Era demasiado alta, tenía el pelo demasiado rizado y le gustaban demasiado los helados. Estaba inmersa en sus estudios.

Después del instituto, Jane fue a la Universidad de Lake Point, Minnesota, a estudiar arte. La encantaban los cuadros, sobre todo los retratos de gente guapa y se imaginaba siendo comisaria de museos. Igual que en el instituto, era tímida con sus compañeros. Todos eran chicos delgados y atractivos que pretendían hacer los deberes en la biblioteca pero lo que en realidad lo que querían era verse. Jane también iba, pero nunca quedaba con nadie. Veía como los demás flirteaban y desaparecían en el entorno como una masa gris.

Jane cambió su especialidad a matemáticas. Era más fácil para ella y la hacía sentirse más segura. Los chicos ignoraban las especialidades de matemáticas, haciendo que no hubiera competición y dejando una zona libre de batallas. De matemáticas se pasó a informática, algo que la venía muy bien para conseguir empleo después de graduarse. Como hija de una madre divorciada y madre soltera, quería prepararse para una posible vida sola después de la escuela. En las clases de informática conoció al único chico con el que quedó en la universidad. La atraía pensar lo diferente que era Ferdinand del resto de chicos, dos dedos más bajito que ella, que medía 1,77. Socialmente era patoso, como ella, y tenía un ojo marrón y otro azul. Tenía las orejas asimétricas: la derecha era más alta y sobresalía más que la izquierda; era como si la hubieran cogido de un montón de descartes y se lo hubieran colocado después. Era delicado y tampoco tenía cuerpo de atleta como ella de animadora. Era albino, tenía el pelo y las cejas blancas y se escondía del sol como ella se escondía en las esquinas. Jane se sentía guapa con la compañía de Ferdinand.

Una tarde, después de un paseo por el lago, se quedaron fuera del dormitorio y Ferdinand le dijo:

—Me gustas—se acercó y torpemente la besó en los labios.

Retrocedió, sin estar acostumbrada a que la tocaran y sin que nunca la hubieran besado.

—¿Estás bien?—le preguntó. —¿He hecho algo mal? Lo siento. Pensaba que...

—No. Quiero decir, no pasa nada. No sé. No quiero hablar de eso. Lo siento también. Necesito irme a casa. Por favor. Te veo mañana en clase.

—¿Estás segura?—dijo él ruborizado y volviendo a su dormitorio.

—Oh, Dios—musitó de vuelta en su habitación.

Se echó boca abajo en su cama sin hacer, sintió el frío del hielo cristalizándose en su corazón y se echó la sábana por la cabeza.

Ferdinand no vino a clase la semana siguiente. Por enfermedad, dijo él.

Siguieron siendo amigos durante el resto del año; era lo mejor para los dos. El contacto piel con piel no era su fuerte.

Tras graduarse, Jane se convirtió en programadora en una pequeña empresa en Lake Point, ascendió rápidamente y ganaba un muy buen salario, salario que ahorraba con cabeza. Se había convertido en parte de la materia oscura de la sociedad.

Se mudó a un apartamento relativamente grande a orillas de la ciudad. Le gustaba el tamaño del comedor que mantenía sin amueblar. El espacio era liberador, era como estar en lo salvaje.

Los domingos iba a veces al museo de la universidad que tenía en ocasiones exhibiciones interesantes. Había un pequeño retrato de un artista local que siempre veía. Normalmente se sentaba en el banco justo delante del retrato, y se esforzaba por fijarse en la cara que parecía una máscara, pálida, como Ferdinand. Había perdido el contacto con él después de la graduación y su ausencia alimentaba su tristeza.

Su cuadro favorito del museo era una escena compleja de una batalla que evocaba una respuesta sexual. El cuadro mostraba a los soldados victoriosos empuñando sus espadas, guerreros moribundos y heridos, violaciones y crianza de caballos y un castillo flotando al fondo. Le gustaba lo escandaloso del cuadro, una colección visual de estados de ánimo que no pegaban; nadie sabía el nombre del pintor. Como no tenía la ayuda de haber sido pintada por un artista de renombre, la escena tenía que destacar por sus propios méritos, como ella sentía que debía hacer. Además, los diferentes personajes del paisaje le daban una emoción de peligro, excitación sin riesgo, y el castillo flotante... bueno, eso era un sueño.

Una exhibición de esculturas de arte Inuit estaba programada para el día de su vigésimo cuarto cumpleaños. Se fue a la biblioteca para familiarizarse con esas piezas de arte del norte de Canadá. Al principio no se sintió impresionada. Encontró muchos osos y focas y morsas repetitivas y comunes, y los chamanes, en parte humano y en parte animal, mezclas sin sentido. Los nombres de los artistas eran imposibles de pronunciar, así que podrían perfectamente ser desconocidos o ficticios pero, pensaba ella, ¿no era eso lo que la gustaba del cuadro de la batalla? ¿Su independencia?

Jane compró un libro sobre esculturas Inuit y luego otro. Había algo solitario y duro sobre el Ártico, una sensación forastera que le era común. Además, a pesar de que los temas fueran similares, la voz del artista transcendía sobre la materia; algunos eran meticulosamente realistas y detallados y otros eran abstractos y expresivos. Se dirigió a una fotografía de la escultura de una ballena de un chamán con el pelo salvaje, empalada con una lanza, con una boca enorme y pies de pájaro. Sentía una mezcla de repulsión y fascinación por aquellos chamanes y sus poderes sobre la vida y la muerte. Su mente iba y venía entre el chamán empalado y la escena de la batalla; ambos eran mundos de fantasía, brillo y violencia; emociones que ella no tenía en su vida.

A veces se imaginaba a Ferdinand, blanco como la nieve, como un Inuit caminando por los campos desolados de la blanca y pura nieve que reflejaba la luz del sol.

A Jane también le gustaban los mitos que había detrás de las esculturas Inuit. Uno de sus favoritos era el de Sedna o la sirena, el mito de una chica joven transformada en diosa después de ser rescatada por su padre de una isla desierta en la que vivía con su cruel y mítico marido. Cuando su marido descubrió que su mujer había sido raptada, se transformó en un pájaro y voló hasta encontrar el barco de su padre. Agitó sus alas con violencia creando turbulencias en el mar que amenazaban con volcar la barquita. Su padre la tiró del barco para salvarse él mismo y al barco de zozobrar. Cuando se aferró al filo del barco, él cortó sus dedos mordisco a mordisco hasta que se hundió totalmente.

Horrible, sí, pero la historia continúa: los trocitos de sus dedos se convirtieron en los mamíferos marinos y ella se transformó en Sedna, la diosa que gobernaba las criaturas de los mares. El mito de convertirse en diosa a pesar de tener un marido cruel y del rechazo de su padre, tenía una cualidad mágica para Jane.

La exhibición abrió el miércoles por la mañana. Se esperaba a pocas personas hasta la recepción que se ofrecía por la tarde. Jane quería ser la primera en ver la exhibición.

—Hoy no vendré—le dijo a su jefe diciendo que estaba enferma.

Se sentía culpable por mentir, pero mintiendo podía cogerse el día libre. Después de todo era su cumpleaños. El otro único regalo que tuvo fue una tarjeta enviada por su madre que había llegado dos días antes. Nada de su padre, ni tarjeta, ni regalo. Se preguntaba si recordaba cuándo era su cumpleaños. No podía contar con él para que la rescatara.

Jane entró en la exhibición con los ojos cerrados. Quería sentir el impacto completo del aire de un solo golpe; era como sentir que le cortaban los nudillos.

—¡Oh!—exclamó ella cuando abrió los ojos.

Muchas de las piezas que había eran más grandes y poderosas de lo que ella esperaba. Además, los libros no habían acertado al mostrar las múltiples sombras de color y venas de las piedras. Las rocas de color verde oscuro serpentina mostraban sombras y venas de color marrón, blanco y amarillo. Muchas piezas parecían inacabadas; otras sin embargo, brillantes y pulidas. Otras eran grises, con algo de mármol blanco y una, un buey almizclero, de color verde palo.

Quedó más impresionada con el sentido de movimiento. Qué paradoja, movilidad saliendo de piedras ancladas.

Un gran chamán pájaro tenía las alas extendidas y cara de humano y parecía estar bajando en picado como si tuviera que dejar un mensaje. Los dientes de un oso de agua eran tan amenazadores que Jane dio varios pasos atrás.

Paseó por las tres salas de la exhibición en muchas ocasiones y se paró enfrente de una oca con el cuello extendido y una gran boca. Paró de respirar por un instante para conseguir un silencio absoluto mientras imaginaba estar un día sin viento en la tundra del ártico; se enfadó con su corazón por interrumpir su serenidad con aquel latido incesante, algo que le recordó al latido incontrolado de su corazón cuando Ferdinand la besó.

Jane se fue a trabajar al día siguiente brillando como cuando se es madre por primera vez.

—Me he recuperado rápido—le dijo a su jefe.

Él no dijo nada, pero su secretaria, Bárbara, una de las pocas «amigas» de Jane, la lanzó una sonrisa.

Jane estudió las tallas durante los siguientes dos fines de semana y se convirtieron en algo tan vivo en su mente que se transformaron en sus amigos y se preguntaba si ellos estaban contentos por verla como ella lo estaba por verlos a ellos.

La cabeza de un buey almizclero chamán con grandes cuernos tallados en su cara humana proyectaba un poder misterioso. Era como un rey divertido que reinaba sobre todas las demás piezas con una boca distorsionada, una nariz torcida, un diente pequeño que parecía un colmillo y unos ojos peculiarmente expresivos. Esta pieza aristocrática le daba seguridad, era como si estuviera allí para asegurarse de que todo estuviera a salvo y en orden. Su fuerte presencia la hacía sentir como parte de su harén y la inspiraba una serie de sentimientos complejos que eran difíciles de expresar con palabras. En resumen, las tallas adquirían vida en su presencia.

Cuando la exhibición acabó, Jane no podía sacar de su cabeza aquellas tallas Inuit. Se quedó con el libro que tenía la fotografía del chamán empalado en el suelo del comedor donde permanecía abierto. Aquello fue el principio de su colección: una fotografía de una talla; en realidad, una colección muy pequeña.

El espacio abierto de aquella habitación sin amueblar era su territorio, la magnificencia del Ártico, y cuando Jane se dio cuenta del significado de aquello ya sabía qué hacer.

—Me gustaría cogerme unos cuantos días de vacaciones— le dijo a su jefe al día siguiente. Necesito un descanso. ¿Es posible?

Dos días después estaba enfrente de The Warm Igloo en Montreal mientras una mujer de mediana edad la sonreía y la saludaba por la ventana. Cuando atravesó el umbral de la puerta, sonaron las campanas. Aquello no era una exposición; aquellas piezas serían suyas. Podría tener un harén para ellas, era como una diosa.

Aunque nunca antes había comprado ninguna talla, ella ya se consideraba una coleccionista. La propiedad era solo un paso en el proceso.

Levantó un caribú amarillo y verde serpentina con cuernos inclinados que salían de la estantería, dejándole en su mano izquierda cogido por la barriga del animal.

—Podría ser mío—dijo sin palabras e, inmediatamente, la escultura dejó de ser la misma para siempre. Se convirtió en suya pues así lo quería.

—Tiene buen ojo—le dijo el propietario de la galería. Es una de mis favoritas. Voy a echarla de menos.

Jane volvió a su hotel llevando la escultura en sus manos y la dejó en un cofre dentro de los cajones de la habitación. La giró a la derecha, después a la izquierda colocando la cabeza cada vez en una dirección como si estuviera bailando con ella, su escultura, ella.

"Me encanta", pensó, y deseó poder contárselo a alguien, alguien como Ferdinand.

Artic Images estaba lleno y era más comercial que The Warm Igloo. Se la acercó un vendedor joven.

—¿Puedo ayudarla?—preguntó.

—Solo estoy mirando—dijo con voz sorda evitando el contacto con sus ojos.

—Por favor, siga. ¿En qué tipo de tallas está interesada? ¿En las grandes? ¿En las pequeñas?

—En cualquiera. Solo estoy mirando si no le importa—contestó visiblemente enfadada.

Era coleccionista y estaba cazando, como los Inuit, y no necesitaba ayuda.

Se dirigió a una atrayente Sedna con el pelo trenzado rubio cubriendo su espalda y su cola. Cuando Sedna estaba bien peinada, todo iba bien en el resto del mundo: la pesca era buena y los mamíferos marinos abundantes. Sedna era un proveedor que siempre estaba en plenitud. El pelo alborotado significaba malos tiempos, pesca pobre.

Era buen momento para Jane. Compró varias esculturas pequeñas: un bailarín a ritmo de tambor con la lengua fuera, un signo de estar en trance; una figura espiritual con ojos saltones; y un caribú de pie elevando su cuello para oler el entorno.

Degustaba el ambiente como ella sabía. También compró la escultura de un gran oso polar que estaba de pie sobre dos piernas arqueadas con los pies hacia atrás y pareciendo algo patoso como lo había parecido ella en el colegio. Tenía un brazo pegado al cuerpo y parecía que estaba dañado, mientras que el otro lo tenía levantado hacia la cara con la zarpa rascándose la barbilla como si estuviera pensando. Jane pensaba que el oso estaba planeando el futuro, reflexionando sobre cuál sería su próximo hogar.

En su último día de compras, Jane compró una talla de piedra negra de una mamá búho con un polluelo en la espalda. La talla le había entrado en la cabeza y se había quedado ahí desde el primer minuto en que la vio. La pieza la había elegido y no al contrario.

De camino a casa, Jane dejó las esculturas en el asiento de atrás a excepción del gran oso polar que aseguró con el cinturón de seguridad en el asiento del copiloto.

—Polo—dijo—me muero de ganas de enseñarte mi comedor. Te encantará. Hay mucho espacio para ti allí.

Subió las escaleras hacia su apartamento llevando la figura del espíritu en una mano y el caribú arrodillado en la otra y las dejó en el suelo del comedor vacío. Antes de ir a buscar el resto de esculturas, movió las dos piezas a no menos de seis lugares diferentes del comedor y, finalmente, las dejó al lado del mirador. Emocionada, trajo las demás, una a una, y las colocó en un círculo en medio de la habitación. Hizo mucho esfuerzo con Polo ya que era muy pesado. Llevó las dos que había en la ventana a la alfombra y se sentó con las piernas cruzadas en el centro del círculo; todas las figuras la miraban. La escena parecía un campamento, con el monitor en el centro del círculo cuidando de los campistas. Caminó por dentro del círculo, por fuera, se fue al centro y se dirigió hacia un lado de la habitación, se sentó y miró a su nueva familia desde la distancia. Cada posición le daba una perspectiva diferente.

—Ahora estáis en casa; soy vuestra madre y estoy aquí para vosotros. Nuestra familia crecerá—les dijo sintiéndose más feliz que nunca en la vida.

Al día siguiente, Jane rompió el círculo de esculturas y las colocó en diferentes partes de la habitación con combinaciones diferentes. Les trataba como iguales, pero en realidad, el que más le gustaba era Polo, y su corazón se derretía con aquel bebé abrazando a su madre. Pasó horas colocando y descolocando figuras. A veces, con el simple hecho de cambiar la dirección hacia la que miraban, las tallas adquirían un nuevo trato y una personalidad distinta.

Seis meses después, Jane se marchó a Vancouver a una nueva compra. Compró cuatro tallas excepcionales en The Mystic Explorer, entre ellas se incluía una escena violenta de un halcón hincando sus garras a una comadreja. Podía oír los gritos de desesperación de la presa cazada.

—Vida—suspiró mientras la cogía y la hacía suya. —Y muerte.

En otra galería compró un lobo sentado mirando al cielo como si estuviera buscando estrellas.

Jane siguió colocando tallas, experimentando con varios grupos, pandillas les llamaba ella, pero su comedor se estaba convirtiendo en una multitud y le daba miedo que se perdiera su individualidad. Decidió encargar a un carpintero unas estanterías.

¿Qué haría si su familia seguía creciendo, que sabía que ocurriría? Debería vender alguna; deber de haber un negocio para esto. Sin embargo, cuando escaneaba la colección, cada pieza era parte de su alma, un miembro de su familia.

—No puedo—concluyó.

No tenía fuerzas para separar sus manos que eran también las suyas. Nunca podría ser una Sedna.

Colocaron las estanterías en el comedor y después en la habitación de al lado extendiendo su colección.

Pasados tres años se había convertido en la matriarca de una familia de piedra, una colección extraordinaria que contaba con más de cien tallas. Aquel era su amor y su vida, su imperio privado.

Después de todo, era una Sedna, un tipo de Sedna diferente, alguien que daba para sí misma en vez de a los demás.

Nadie había visto todavía la colección de Jane, así que un día invitó a gente a su casa. Bárbara vino el viernes por la noche con su hermano. Richard tenía 35 y estaba soltero. Jane se sintió algo irritada por la imposición, aunque se sentía halagada y excitada al mismo tiempo, ya que parecía obvio que aquello era una presentación y la cita más cercana después de Ferdinand.

—¡Guau!—exclamó Richard cuando entraban al apartamento de Jane.

Ni él ni Bárbara sabían dónde mirar primero. La diversidad de las figuras iba desde los osos hasta las ballenas pasando por tallas de espíritus. Richard paseó mirando toda la colección, tocando con mucho cuidado las piezas con sus dedos. Jane pensaba que su mano era como una almohada suave sobre la dura piedra.

—¿Te importa que las toque?—le preguntó después de haberlo hecho.

—¡Oh, no! Deben sentirse. Quieren que se las toque.

Jane se quedó apartada mientras sus invitados se familiarizaban con su familia.

Sus piernas chocaron y su estómago rugió sintiendo un conflicto entre éxtasis e inquietud. Cuando se colocó en el centro de la escena, también se sintió invadida. La colección y ella eran inseparables y se sentía asaltada, como si sus invitados estuvieran traspasando su vida privada y ella los quería fuera. Además, al mismo tiempo, las piedras coleccionadas brillaban en su presencia, y ella se apoyaba en ese brillo. La escena pasó de ser un teatro vacío a ser una producción brillante con actores y una audiencia cautivadora.

—Ese oso corriendo de Pauta Saila es una joya—dijo ella con tono de espera docente. —Mira el cuarto diente, es una innovación importante de la artista.

—Sí, es un maravilloso y tranquilo caribú. Tienes muy buen gusto.

—Lo talló Osuitok Ipeelie. Es uno de los maestros originales. ¡Mira aquí! Es un pequeño bailarín a ritmo de tambor de Silas Kayakjuak. ¡Tan expresivo! ¡Tócalo! Sentirás el movimiento. Por aquí el halcón está matando a la comadreja. Poderoso, ¿no? Es de Tutuyea Ikkidluak. La suya es una historia trágica, se suicidó a los 28. Se deprimió mucho cuando los misioneros le mandaron a la escuela al sur de Canadá. Cuando volvió al Ártico ya no encajaba. ¡Vaya regalo que tuvo! La piedra proyectaba su intensidad. ¿El buey almizclero de marfil? Lo hizo Mannasie Akpaliapik. ¡Qué tesoro! Hay mucho movimiento expresado. Oh, sí, ese. Judas Ullulag era el artista. Qué escultura tan humorística, qué original, ¿no lo crees? Tiene los ojos locos, ¿no crees? Estoy enamorada de esa cabeza. El pueblo entero en un pequeño barco llamado umiak es de Joanassie Faber. La gente está haciendo pesca submarina. Es más que una buena talla. Es una metáfora sobre la cooperación para sobrevivir en el duro Ártico. Latholassie Akesuk, David Ruben Piquoken. Todos estos son escultores inuit importantes, aunque ninguno de ellos es conocido en el mundo del arte convencional.

Luego hizo una pausa.

—Puede que cambie esta—continuó, con voz baja, para ella y para Bárbara y Richard.

—Disculpad estoy hablando demasiado—murmuró Jane, pero no podía parar.

Hablaba sobre cada escultura.

—Algunas de estas esculturas estaban dañadas—dijo— pero mira como están, se han restaurado y están vivas y bien. Las reparaciones son símbolo de honor y de amor. —Nadie sabe quién hizo que este pequeño pájaro pareciese tan triste— dijo ella, y lo cogió con delicadeza. —Me encanta el anonimato. Es parte de la personalidad humana y trasciende de la persona que lo hizo. Fluye en su propio universo.

Tan pronto como sus palabras salían de su boca, sintió que acababa de describirse a ella misma y se detuvo algo vergonzosa, pero de seguido tocó el pelo largo de la delgada escultura de piedra de Sedna que había a su lado y se sintió mejor.

—Me gusta tu colección—dijo Richard. —Impresionante.

—Gracias.

—¿Te gustan las moras silvestres?—preguntó Richard.

—Me encantan.

—Es mi fruta preferida—dijo él—sobre todo cuando están calientes del sol. Sé un sitio cerca de aquí donde se pueden coger. ¿Te gustaría venir conmigo mañana y coger algunas?

Bárbara se movió para irse, pero Richard se quedó rezagado.

—¿A las diez?—preguntó Richard.

Richard llegó a las diez la mañana siguiente. Durante el viaje, Jane le preguntó a Richard por él.

—Soy veterinario—dijo.

Subieron la ladera de una montaña hasta que encontraron campos de mora. Llenaron tres cestas y se comieron dos. La parte de detrás de sus manos se tocaba de vez en cuando mientras caminaban.

—¿Has sentido alguna vez la curiosidad de ver a los osos polares o a los caribús o cualquier parte de la vida salvaje del Ártico sobre todo desde que eres veterinario?—preguntó ella.

—Aquello es demasiado inhóspito. Estoy feliz aquí—dijo él.

Qué chico tan afortunado, pensaba ella, y la sobrecogió una ola de tristeza.

—¿Estás bien? Te has quedado callada de repente.

Asintió, pero siguió callada. La imagen de Ferdinand apareció en su mente. Cogió su mano.

—Estoy cansada—dijo ella sin saber cómo romper el hechizo.

Buscó en su mente para sacar temas de los que hablar de camino a casa. La naturalidad y la facilidad con la que habían pasado antes el rato con Richard se había esfumado. Cuando llegaron al apartamento, él la tocó la mejilla.

—Espero que te sientas mejor—dijo él.

—Gracias. Estaré bien. Es mejor... es mejor que me vaya.

¿Era cierto? Se sentía pesada, pesada como una piedra. La dijo que pasarían tiempo juntos otro día y ella aceptó, pero se lo pensaría. Le miró desde la ventana dirigirse a su coche y marcharse. La calle estaba vacía y estaba atardeciendo. El apartamento estaba tremendamente tranquilo. Colocó su mano sobre la mejilla en el mismo sitio en el que Richard la había tocado y la dejó ahí.

Caminó hacia el comedor para estar entre sus esculturas, acarició a Polo en la espalda y si dirigió al caribú.

—Te habría encantado el pequeño riachuelo.

Su voz rompió la soledad y la hizo sentir cómoda. Miró por el mirador y vio las estrellas brillando en la fría galaxia.

"Están tan lejos", pensó. Se giró y fue escultura por escultura rodeando cada pieza.

—Os quiero a todas—dijo.

La habitación estaba llena con su familia de piedra, colocada en soportes, en el suelo y en estanterías. Encontró una mancha detrás del lobo que tenía una Sedna en uno de sus lados y un oso en el otro. Se sentó e inclinó la cabeza hacia el búho que tenía debajo su polluelo, con cuidado para no apretarle demasiado fuerte. Una neblina de lágrimas hizo que se le nublara la vista y del estremecimiento, las alas del halcón se alejaron unas cuantas tallas más allá. El bravo cazador del final de la habitación lanzó su arpón con un movimiento firme de brazo.

"Piedras talladas", pensó. "Es todo lo que son y, aun así, son mi vida, mi amor".

Se sentó entre las esculturas como si fuera una de ellas. "¿Quién está vivo y quién no?" se preguntó.

—Es hora de dormir—dijo en bajito; miró hacia delante, a la derecha y a la izquierda y todos los pasajeros parecían bloqueados como el hielo, animales peligrosos. No había piedad en el aire ni forma de escapar. Mirando por la ventana, las nubes escondían las estrellas. Cerró los ojos y se rindió a dormir.

Soñó con pájaros volando por el cielo y el caribú con el hocico hacia arriba y sus cuerpos mirando al sol. Había focas y peces y ballenas, además de un chamán transformando al hombre en bestia y al revés. Pasó el brazo por el búho que se había convertido en su almohada y compañero de cama y lo estrujó un poco. Juntó sus labios contra las alas y las apretó lo que pudo. Notó cómo la llegada de la mañana, pero aún era de noche, el mundo era suyo, así que durmió y durmió y soñó

Menos no es suficiente

Todos tenemos una voz interior, una voz privada, burlona, a veces cruel, que se burla de cosas tan personales que no nos atreveríamos a decir en alto. Pobre Sylvia Slender, era más cortita que su propio nombre, y a menudo debía luchar en la batalla con su propia voz interior; luchó hasta que ganó la batalla.

—¡Pintura! ¡Pintura! ¡Y más pintura! Está tan ocupado, tantos colores, espirales por todos lados, parece un completo desastre. La única cosa de la que se deshizo fue de su oreja. Ja, ja, ja, qué irónico—le susurró a su compañero de clase mientras de mostraba en la pantalla la obra *La noche estrellada* de Van Gogh.

Era la última clase de la especialidad de arte antes de graduarse. No podía pasar tan pronto para ella.

"Nota el movimiento del cielo provocado por las pincelas y la relación de azules y amarillos y cómo el árbol dominante verde del fondo reina sobre la ciudad durmiente y se une con las estrellas, como si fuera Dios y en harmonía con el pequeño, central y delgado campanario que sobresale entre las pequeñas casas. La naturaleza parece estar viva mientras que la gente se esconde en casa hasta que llegue la mañana; sus ventanas brillan con luz amarilla. ¿Dónde está la ciudad? Puede que solo esté en la mente de Van Gogh, un secreto para siempre y..." el doctor Warlock seguía hablando y hablando.

—Yakkity yak, blah. Sus palabras me estaban produciendo náuseas. No había ni una pizca de blanco en todo ese lienzo. Qué derroche de pintura. ¡Qué ineficiencia! Mira, incluso el árbol verde grande que tanto le gusta al doctor Warlock se cae de peso con aquellas líneas de color oxidadas—siseó Sylvia.

—El viejo Vicent lo hacía bien, lo admito, ¿pero no quitarías alguna de esas líneas paralelas? Son como barras. Solo el hecho de mirarlas me hace sentirme encarcelado. Parece todo tan pesado, Joanie, ¿sabes lo que te digo?

—¡Shhh! Jesús, Sylvia, no paras de hablar.

—Sylvia, ¿quieres compartir tu opinión sobre la obra de arte con nosotros?

Sylvia enrojeció.

—Yo decía... que... creo... bueno, que es un cuadro fantástico, por supuesto, pero que creo que es demasiado...

—¿Demasiado qué, Sylvia?

—¡Que está demasiado lleno!

Surgió un murmullo por la clase seguido de risitas en la parte de atrás.

—¿Que está demasiado lleno, Sylvia?

—Lo siento, pero es lo que creo. Hace que me maree. Solo estoy siendo honesta.

Un mes después, la madre de Sylvia veía orgullosa como llamaban a su hija para recoger el diploma con honores *Magna Cum Laude.*

Los años de Sylvia en la universidad no habían sido fáciles. Dejó dos veces el colegio, una durante año y medio mientras trataban su anorexia. Lo dejó de nuevo durante tres meses para estar con su madre después del divorcio. Sylvia echaba mucho de menos a su padre. Él nunca la llamaba y solo la había mandado una postal desde el Caribe:

"Lo siento Syl, ya sabes que la vida es corta, hay que dejar de lado lo que no importa. Te quiero. Papá".

Solía hablarle de muchas cosas, sobre poesía, sobre crimen, y sobre la línea entre el arte y la ciencia. A ella le encantaba cuando él la leía historias, las historias que pensaba publicar, pero la dolió encontrarlas en la basura por haber hecho un comentario importante.

Sylvia era la estrella del equipo de atletismo del instituto.

—La gente delgada puede volar—le decía ella a sus compañeros de clase.

Ella era increíblemente rápida, movía sus pies de delante a atrás como si fuera un juguete de pilas.

—Odio el caos de la gente delante de mí—dijo ella.

—Solo me gusta que delante de mí haya espacio.

Un día, en mitad de toda la competición, estaba tan lejos de los que venían detrás que miraba para atrás y solo veía espacio.

¡No había gente ni delante ni detrás! Echó un ojo a las demás chicas intentando coger algo y lo siguiente que recordaba era estar en el hospital.

—¿Dónde estoy?—preguntó cuando abrió los ojos y vio la imagen borrosa de la enfermera cambiando la bolsa de suero intravenoso.

—Te diste contra un poste, querida y aquí estamos—dijo la enfermera. Te han dado una docena de puntos en el ojo derecho.

Sylvia se tocó la frente con cuidado.

—¡Ay!

—¿Ves lo que te digo? Relájate. Todo va a salir bien.

¡Idiota!, dijo su yo interior.

Sylvia no sufrió muchos más daños y, años después, después de su graduación, la cicatriz era prácticamente invisible.

Sylvia estaba impresionante. La pureza de su piel hacía que la nieve fresca pareciese basura. Cuando sonreía, sus ojos azul verdoso brillaban. Los tres pequeños hoyuelos de sus mejillas, uno en la derecha y dos en la izquierda, se equilibraban con la leve inclinación de la cabeza. Tenía una pequeña muesca en el borde de su fosa nasal derecha como si fuera un distintivo de honor que indicaba que había pagado sus deudas genéticas. A su padre le encantaba su pelo largo, suave, rojo y rizado. "Terciopelo rojo", le llamaba. "No dejes que las tijeras se acerquen nunca a esas llamas rojas. Son fuego, fuego que a todo el mundo le encanta ver, mi pequeña, mi estrella".

Sylvia medía a penas metro y medio; sin embargo, no era ni su belleza ni su velocidad las que gobernaban su vida. Y no era su padre el que la obsesionaba; era su incesante voz interior. Cuando su padre admiraba su pelo, su voz interior decía: ¿Qué dice del pelo? *El fuego solo es aire recalentado que calienta y destruye. No es nada más que decoración en un lugar en llamas que desprende calor y desaparece cuando se ha acabado la leña.*

Después de una búsqueda de empleo desalentadora, Sylvia se sintió encantada cuando escuchó al fin:

—Bueno, señorita Slender, tenemos una oferta que hacerle.

—Gracias, señor Goldschmidt—exclamó.

—¿Cuándo empiezo?

Venga, muñeca. ¿Cuánto hay en el Moolah?

—¿Cuánto ganaré?—preguntó tímidamente.

—Empezaremos con treinta dólares a la hora y el 5% de cada venta.

Será mejor que vendas mucho, muñeca.

La Galería Goldschmidt era muy conocida en Chicago. Sylvia nunca había vendido arte y no sabía que hacerlo consistía en saber vender y no en saber de arte.

—Es un buen cuadro, exactamente el que está buscando: un paisaje de un artista joven y nuevo. ¿No parece la roja puesta de sol real?—le dijo ella al señor Chalmer en su tercera visita a la galería.

Esperaba que fuera el primer cliente en comprar.

Huele a mierda, dijo su voz interior en una lucha constante contra el desorden. *Mierda, mierda, mierda. Ese es el motivo por el que la pintura tiene tanto color marrón.*

—No lo sé. No está muy claro. Los colores están nublados. ¿Tiene algo más de este pintor? Me gusta su estilo.

Empieza a entender lo que significa la palabra 'claro', macho, no está claro. ¿Colores más brillantes? *Debes estar bromeando.* Su voz interior estaba desmelenada.

—Tranquila, tranquila, tranquila—suplicó ella y luego sonrió.

—Espere un momento.

Creo que tengo lo que quiere. Sylvia desapareció.

Cinco minutos después trajo un paisaje lleno de colinas con árboles, de flores y de ardillas en el suelo. Aquel cuadro lleno de colores brillantes le daba náuseas.

Horrible, horrible, h-o-r-r-i-b-l-e, gritó aquel monstruo penetrante que había dentro de su tan maravillosa cabeza.

—Señor Chalmer, ¿qué piensa de este? Se llama Wondrous Nature.

Sylvia se inventó el título.

No le presiones, muñeca. Oh, Dios mío, qué MONSTRUO-SIDAD.

—El artista, Albert Switzer, tiene 40 años, vive en Portland, Maine y es muy joven. Busque su nombre en las revistas de arte—dijo Sylvia.

¿Joven? *Sé realista.*

—Me encanta, tiene un gusto exquisito. Tiene unos colores muy llamativos. Fuerza y harmonía. Movimiento y equilibrio. Sí, todo lo que buscaba. Wondrous Nature, un nombre perfecto. El hombre es un artista sin lugar a dudas.

—El precio es también muy atractivo ya que es un autor que casi no se ha descubierto: 4500 dólares—dijo ella.

—Entiendo que algunos de estos cuadros costarían unos 8000 dólares el año pasado en su exhibición.

Ella asintió.

—Es una ganga ya que es una obra reciente. ¿No le gustan las ardillas?

—¿Las ardillas? Creía que eran conejos. Sí, tienes razón, son ardillas. Me lo llevaré. Es perfecto para el cuarto que hay al lado de la jaula del pájaro.

—Buena elección, señor Chalmer.

Su voz interior dio un pequeño blinco de alegría, ¡Sí, sí, sí! *¡225 dólares en el banco!* ¡Buen trabajo, Sylvia, muñeca! *Has pescado tu primer pez con esa montonera de colores que se supone que llaman cuadro.*

Y entonces la voz cambió el tono.

Dios, qué cuadro más feo. Estaba tan tan recargado...

De repente se imaginó la cara de su padre sonriéndola. «¡Buen trabajo, Syl! Buen trabajo", dijo haciendo de su voz interior la suya propia.

Sylvia odiaba cuando él hacía eso, pero al menos era algo de contacto con él.

—¿Quiere llevarse el cuadro ahora, señor Chalmer, o quiere que se lo llevemos a casa?

—Me lo llevaré ahora. Quiero sorprender a mi mujercita, ¿sabe lo que le digo?

—Estará encantada.

Apuesto que esa mujer es tan grande como un tanque, enorme, gigante, una apisonadora. Pequeña, pequeña, pequeña. Podría yo decirle un par de cosas sobre la pequeña. ¡Seguro que come como una vaca!

—Muchas gracias, señor Chalmer. Vuelva pronto—dijo Sylvia.

Sí, eso, pronto, pronto.

Sylvia decidió comprar un cuadro para su nuevo apartamento para celebrar su primera venta. Mientras consideraba cuál comprar, su voz interior la agobiaba de nuevo.

¿No me digas que vas a llenar estas paredes blancas tan limpias con cuadros?

Miraba la pared vacía que había enfrente de ella y veía posibilidades infinitas. Se imaginaba cuadros de hombres sexis con el pecho peludo llevando heno con horquillas; veía colibrís volando tan rápido entre las ramas que se sentía mareada; veía capas de blanco sobre blanco haciendo que la pared fuera tan profunda y misteriosa como el océano; veía olas que la provocaban náuseas. ¿Qué hacer? Dejar las paredes vacías o llenarlas de cuadros. A la mañana siguiente decidió comprarse un cuadro.

—¿Qué tal este?—preguntó el vendedor mientras la enseñaba una lámina monotípica de flores con el fondo de color azul brillante.

—No, no me gusta. ¿Tiene alguna que sea menos recargada, alguna que dé más lugar a pensar y menos a ver?

Fue de galería en galería. Nada la encajaba y, cuanto más veía, más impaciente se volvía. Miró entre los impresionistas, los expresionistas alemanes y, finalmente, entre los abstractos. No le gustaba Jackson Pollock. No compró nada.

Cuando volvió a casa pensó que las paredes blancas podrían resultar bonitas y aportar sensación de paz. En su imaginación vislumbró una maravillosa puesta de sol en el horizonte al lazo izquierdo de la pared en blanco. A la derecha había ballenas esparciendo agua de mar que formaba una lluvia en la puesta de sol. Nunca había visto su mente desordenada tan ocupada. Se trasladó a un estado imaginario rodeado de cuatro paredes blancas vacías llenas de aventuras excitantes y de pensamientos poéticos que salían de ella.

Pasaron semanas y las paredes seguían sirviéndola de pantalla para proyectar su imaginación. Entonces un día un cliente joven y guapo con una coleta tensa por una goma entró en la galería. Sus ojos marrones escaneaban los cuadros mientras la hablaban.

Venga, déjalo muñeca, será mono y todo eso, pero es un cliente y probablemente esté casado o viviendo con alguien.

—Estoy intentando alegrar mi apartamento—dijo el señor Ponytail. —Estoy en la escuela de medicina y necesito algo de arte para darle luz a mi vida. ¿Qué tiene que sea inspirador y barato?

Mierda. Barato.

—¿Barato?

—Sé lo que quiere decir. Llevo intentando encontrar mi sitio durante meses y no llego a ningún lado. ¡Puede que tenga más suerte aquí! ¿Qué hay de aquel lienzo negro que lleva escrita la palabra «*cheap*" en letra pequeña en una esquina?

Sonrió. Ella se quedó blanca. Incluso su voz interior no pudo pronunciar palabra en unos segundos.

Lienzo negro. Eso es auténtico arte.

—¿Está bien? ¿Por qué no se sienta? Está pálida.

—Gracias. Me sentaré un segundo. Lo siento, no sé qué me ha pasado.

Recuperó el tono.

—Ya me siento mejor. Voy a buscar algunos cuadros para ver si encontramos algo que le guste. Enseguida vuelvo.

Encontró varios grabados, cuadros en madera y algunos dibujos almacenados en una gran caja en el almacén. Parece ser que no se vendían mucho. Eran de la galería de coleccionismo minimalista y tenían varias formas diferentes. El que más cosas tenía era un círculo vacío con unos pocos garabatos fuera de su perímetro.

Guau. Menos es más, muñeca. No puedes decir que estén muy recargados.

—No tienen mucho sentido para mí, pero me gustan— dijo el hombre.

Sylvia asintió de conformidad con él y con su voz interior.

Examinaron la pequeña colección; él frotaba su barbilla pensando y ella absorbiendo su simplismo. Había lo suficientemente poco en aquellas láminas simples para que recordara que alguien había creado esas piezas de arte, pero era tan poco que no podía formar parte de ellas.

—Me gusta este, el que tiene las dos líneas rojas cruzando la esquina superior izquierda y el punto azul en la baja derecha—dijo el cliente.

Sylvia en volvió el cuadro y le dio las gracias mientras él salía.

Te lo dije yo también. Menos es más. Deja que el observador sea el artista.

Sylvia compró cuatro cuadros minimalistas de la galería con el consentimiento de su voz interior. Uno tenía colores suaves y los demás sombras grises. Dio rienda suelta a su imaginación para interpretar el significado.

Por supuesto, muñeca. ¿Qué esperas? Los artistas son vagos. Ellos quieren que seas tú el que decidas lo que significa.

Se enfadó con su voz interior por sugerirla no saber eso. Sabía que las paredes blancas de su apartamento eran arte minimalista dependiendo de su imaginación y lo sabía cuando las miraba. Ningún artista la decía qué pensar o sentir. Ella era la artista. Experimentaba con los cuadros colocándolos en diferentes lugares: una en cada esquina, todas alineadas una al lado de otra, o colocadas haciendo un pequeño cuadrado en el centro de la pared o en un lado. Cada posición hacía que surgieran diferentes cualidades de los cuadros y hacía que la habitación pareciese diferente. El cuadrado en el centro hacía parecer la habitación formal; cuando se colocaba cada uno en una esquina, se aportaba simetría, y la línea de cuadros recta en la esquina baja izquierda por encima del suelo hacía que la surgiera la risa del absurdo.

Tan absurdo como tu vida vacía, absurdo, absurdo, absurdo, gritaba su voz interior.

Sylvia empezó a modificar en su mente cada cuadro e impresión que había visto en la galería; decapado de color, borrar partes de determinadas figuras como el sombrero de una dama o la pajarita de un caballero y a veces creaba unas figuras grotescas que la fascinaban. En ocasiones añadía algo, unas gafas sobre un hombre mayor leyendo el periódico, o un perro a su lado, pero por norma general, borraba.

La encantaba tirar cosas, quitar el desastre innecesario. Tenía una sensación de poder y placer. Ya no vendía arte; lo creaba en su mente. Sylvia floreció. Empezó a quedar y a hacer amigos. Estaba más guapa que nunca ya que dejó de llevar tantas joyas y maquillaje, dejando que se viera la belleza natural de su cara y que su cuerpo brillara.

Una tarde después de unos cuantos vasos de vino en una cena con una cita, Sylvia empezó a explicar su atracción por lo poco y por la recolocación, acentuando cómo el mejor arte está en la mente del propietario y lo poco que le gustaban los artistas que imponían sus sentimientos sobre otros.

—¿Pero no trata todo de la autoexpresión? ¿Cómo es posible que se llame arte a un lienzo en blanco?—le preguntó su cita.

—¡No, no, no lo entiendes! El lienzo en blanco no es nada. Es lo que yo veo en él.

—Ah, ya lo tengo—dijo el señor Charming.

Tonterías. No lo ha pillado. Labios bonitos, barbilla esculpida, pero dentro, serrín, S-E-R-R-Í-N. Recompón esa cara simétrica, muñeca. ¡Ja!

Sylvia se empezó a reír.

—¿Qué es tan divertido?

—Nada—dijo ella.

Su voz interior no la dejaría dormir aquella noche. A las 3 de la mañana todavía estaba en pleno apogeo.

No puedes enterrar sin más tus pensamientos, muñeca. Debes tener a alguien que te entienda. Tu cerebro está conectado con el mundo que te rodea. Y tu cuerpo también lo está. No estás flotando sola en el espacio. Dale un descanso. Deja de luchar.

Entonces su voz interior se convirtió en un lápiz ondulando y bailando música jazz sexy y dibujando un baile en el que iba quitando capas y capas de madera y volviéndose cada vez más fino y comenzó a escribir en una hoja de papel en blanco. Silvia se esforzó por leer lo que estaba escribiendo:

¡Lucha, quita, recorta!

El lápiz se dio la vuelta y ahora, se veía un gran borrador contra el papel que recorría las palabras. El papel volvió a estar vacío y se volvió blanco brillante, tan brillante que abrió los ojos y vio cómo los rayos del sol entraban por la ventana de su habitación y reflejaban en su rostro. Era el momento de levantarse y de ir a la galería. Empezó a pensar en escribir por primera vez. Sylvia comenzó a escribir con un lápiz, como hacía en su sueño. La encantaba el tacto natural del lápiz, incluso más que el del boli. Escribir con el ordenador era demasiado mecánico para su gusto. Escribía historias surrealistas e imaginarias, la mayoría sobre pérdidas. Una trataba sobre un diente de león cuyo tallo se disolvió en lágrimas cuando sus semillas volaron. En otra escribió sobre cómo las ilusiones de una pequeña que soñaba con convertirse en una corredora fantástica se truncaban cuando un coche atropellaba su pie. El conductor era atleta olímpico. Otra era sobre dos gemelas; una era extrovertida y tenía un encanto irresistible, era simpática y amable; la otra era maliciosa y dominante y tenía una voz dulce que mermaba a su hermana gemela como si se tratase de una apisonadora. Su madre, que las había abandonado, escribía largas cartas a su hija la más egoísta, y bromas cortas y postales a la otra.

La voz interior de Sylvia estaba relativamente tranquila durante la experimentación de aquella transición nueva; sin embargo, sabía que estaba allí al margen, escondida, esperando. Y entonces, llegó el día en el que rompió su silencio.

No te interesa escribir, muñeca. Venga, sé sincera. ¿Todas esas palabras *llenando una página en blanco? Horrible.*

Aquella fastidiosa voz interior la impresionaba. Su entusiasmo crecía con cada línea adicional que escribía y cuando había más oscuros que claros en la página, se volvía irritable. La satisfacía ver cómo borraba líneas y líneas con el borrador. Cuando la historia se plasmaba en el papel parecía demasiado... demasiado lleno, demasiado explícito.

Experimentó escribiendo frases separadas y después palabras solas en el lugar en el que irían las frases, pero nada le aportaba la misma sensación que borrar las palabras, sin reaparecer nada y tener la historia almacenada en su amada cabeza.

Eres un caso, muñeca, decía su voz interior un día mientras borraba tres páginas completas gastando el borrador de arriba de siete lápices.

Como autora, no era minimalista; era un verdugo, una cirujana, una sepulturera.

Sylvia cerró los ojos y, de nuevo, su voz interior se volvió un lápiz ondulando y escribiendo con letras rojas:

Hacer/ deshacer; construir/ destruir; besar/ morder; escribir/ borrar; autor/ editor. ¡Editor! Los editores revisan, recolocan, añaden, sustraen y eliminan. Como editora, muñeca, puedes hacer con los demás lo que haces contigo misma, como tu padre hizo contigo: ¡CORTA!

—Me voy—le dijo al señor Goldsmith —Perdona por ser tan brusca. No es nada que me hayas hecho. Has sido muy justo. Muchas gracias. Voy... voy a ser editora.

—¡Editora! ¿Cómo te has decantado por eso?

—No tengo trabajo aún. No sé. Es solo que me gusta volver a ordenar las cosas, eliminar todo aquello que sobra. Me gusta reducir, acortar, estilizar.

No seas cursi ahora, muñeca. Es hora de que te calles.

—He intentado escribir pero... no funciona. Cuanto más escribo, menos quiero escribir. Pero bueno... aunque pueda sonar a una tontería, me encanta borrar.

—¿Qué quieres decir?

—Me gustan los esqueletos y el espacio. Me siento bombardeada con cualquier tipo de desastre, incluso con muchos de los cuadros que vendo. Lo siento, pero es cierto.

Una se siente bien siendo sincera, ¿verdad, muñeca?

—Si pudieras quedarte una semana más, me serías de gran ayuda—dijo el señor Goldschmidt. —Después de ese tiempo podré controlarlo todo. Buena suerte, Sylvia. Espero que encuentres lo que buscas.

—Señora Slender...

—Sylvia, por favor—le dijo la mujer fuerte que la estaba entrevistando. —Sylvia, no tienes experiencia y tienes mucho que aprender, pero tengo buenas sensaciones contigo. ¿Quieres trabajar duro?—le preguntó la señora Chiller.

Pórtate bien, muñeca. Sé simpática. Contesta a esa estúpida pregunta con educación.

—¡Oh, sí! Trabajaré muy duro. Puede contar conmigo.

—Sally. Todos mis trabajadores me llaman Sally. Somos una familia. Bienvenida a WriteStuff.

Sylvia prosperó como editora reduciendo, cortando y rebajando. En uno de los apartados de la revista literaria, animó a Sally a publicar una pieza anónima, de su autoría claro, llamada "La tristeza del todo". Consistía en el título seguido de dos páginas en blanco. En la parte inferior derecha de la segunda página había un punto que marcaba el final de la historia. El siguiente apartado contenía varias cartas diciendo de formas diferentes que aquel era el mejor artículo que la revista había publicado nunca. Había quien decía que había cambiado su vida dándole la valentía suficiente como para llenar aquel espacio con sus sueños. Sin embargo, también había quien decía que eran imbéciles y que iban a cancelar su suscripción.

Bien hecho, muñeca, decía su voz interior mientras leía las cartas. *Pero eres un fracaso total. Abre tu armario y echa un vistazo. Vete a vivir a una colonia nudista en la que no se necesite ropa. Sí, sí, puta.* ¿Por qué necesitas ese fuego encima de tu cabeza, siempre peinándolo y secándolo durante horas? *Y comprueba tus uñas, están pintadas de rosa.* ¿Es eso una página en blanco? ¿Eso es minimalismo? ¿Eso es menos?

Sylvia miró sus uñas que brillaban en color rosa.

¡CORTÁTELAS! Su voz interior no paraba.

"¡Para!", suplicó.

Sin respuesta. Pequeño demonio. La voz interior sabía cuando parar. Rogó con lágrimas esperando recibir algún consuelo, era como vomitar cuando se tienen náuseas.

Dibujó un lápiz cambiando rápidamente de ser gordo a delgado, de ser amarillo a verde acabando en transparente con los bordes morados, moviéndose de arriba a abajo y para atrás otra vez, bailando solo, su borrador estaba mojado sensualmente con saliva, su punta afilada y letal. Vio dedos con uñas rosas sujetando el lápiz. Apareció un papel y el lápiz empezó a escribir.

¡CORTA! ¡HAZLO!

Y todo se nubló en su mente; solo veía rosa con un fondo negro.

Sylvia se cortó el pelo, las uñas de las manos y las de los pies. Una chica pálida, delgada y joven con el pelo corto y encrespado de color rojo y las uñas pintadas de color carne apareció al día siguiente en la oficina. La yema de sus dedos estaba marcada por sangre y arañazos.

—¿Sylvia? A penas te reconozco—le dijo Sally.

—¿Qué ha pasado? ¿Dónde está tu pelo? ¿Y tus uñas?

—Ya... Me lo he cortado todo. Lo necesitaba. Es cuestión de tiempo.

Patética. Pareces una mierda. Puede que te hubieran tenido que cortar un par de dedos, o una oreja, puede que la lengua y ya había servido con eso. Haz que yo sea tu única voz.

Su voz interior tenía una cualidad implacable y victoriosa.

—Deberías irte a casa y descansar—sugirió Sally que parecía preocupada. —Tienes muchas entregas esta semana. Aquí hay un par de documentos que puedes mirar en casa si te encuentras bien. Este es una coincidencia; parece de tu cosecha. Se llama "Menos no es suficiente" y, lo creas o no, es de Michael Slender, tu tocayo. ¿Has oído alguna vez hablar de ese tipo?

Las rodillas de Sylvia flojearon, se la subió la sangre a la cabeza.

—¿Sylvia? ¿Puedes oírme? ¿Le conoces?

Oía las palabras de Sally como si vinieran de otro sitio, como si estuviera bajo los efectos de la anestesia.

—Disculpa... sí, te escucho, pero no me encuentro bien hoy... puede que me esté poniendo enferma... no... No conozco a ese chico, ¿has dicho Michael Slender? Qué gracioso... puede que sea un seudónimo... sí, está bien, leeré la historia; nos vemos mañana, adiós.

Su mano se detuvo en cuanto vio la primera página de la historia de su padre. Reconoció su estilo de escritura abreviado, similar al suyo: no había cúmulo de letras, todo minimalista, técnico. La historia de ficción trataba de un hombre rico, Frank, con culpabilidad social por tener más de lo que necesitaba. Vivía solo, iba de trabajo en trabajo y se sentía inútil. Empezó a dar dinero a fines benéficos y, a medida que su riqueza disminuía, crecía su alma. Pronto le quedó poco dinero y se sintió en la necesidad de tener un trabajo. Trabajó como metre de un restaurante elegante, se casó y tuvo dos hijas. ¡Gemelas!

Dios, es increíble, como mi sueño, el sueño sobre el que no escribí, dijo su voz interior, ahora su amiga, su confidente, haciendo que se sintiera desconcertada.

Las niñas se llamabas Sophia y Laurel; las quería. Tenían el cabello rojo, eran pequeñas joyas que iluminaban su vida. Sophia era dulce, elegante y modesta; Laurel era astuta, agresiva y algo despiadada. Dedicó toda su atención a Laurel ya que así lo demandaba y le hacía pequeñas bromas a Sophia que siempre sonreía como si estuviera feliz.

Ya tienes suficiente, muñeca. ¿Puedes con todo esto?

Se mordió el labio de arriba y continuó.

Frank fue a una conferencia, conoció a una mujer desaliñada, se divorció de la suya, se fue al Caribe y perdió el contacto con su familia; murió de sida.

La historia era mundana, triste. Sylvia pasó la página y leyó el epílogo:

"En sus últimos días, Frank caminaba sin rumbo por casa. Su mujer le había dejado, pero a él no le importaba. Con la sombra de la muerte rondándole y sufriendo por las decisiones que había tomado en su vida, escribió una carta a su dulce hija Sophia. Tu generoso espíritu es el amor de mi vida, escribió. Pienso en ti cada día, en tus brillantes ojos verdes, en tu pelo rojo en llamas. Veo cómo sufre tu corazón y no te encuentro. No sé cómo. No sé cómo pero te quiero todo cuánto se puede querer, más de lo que nunca he querido a nadie ni a nada en mi vida. Sé que no fue suficiente. Si algo he aprendido es que menos no es suficiente. Si lo pudiera volver atrás, lo haría. Lo siento.

Estoy sin palabras, dijo su voz interior.

—Yo también, contestó ella en alto.

Cerró sus ojos esperando escuchar algo más de su voz interior o ver al lápiz jugando a escribir palabras, pero en lugar de eso, sintió como el sudor recorría sus mejillas. Lágrimas, lágrimas dulces.

Está bien, muñeca, venga, sigue.

Su voz interior dio marcha atrás, como escondiéndose en su alma. Nada parecía importarla ya que la lucha parecía haber acabado. Lloró.

—Parece que tienes mejor cara hoy, Sylvia—dijo Sally,

—Te prefiero con el pelo largo.

—Yo también. Lo dejaré crecer de nuevo. Y me pintaré las uñas de color verde para que peguen con mis ojos.

—¿Has tenido oportunidad para leer la historia que te di ayer?

—Sí.

—¿Qué piensas?—preguntó Sally.

—Tiene muchas cosas que le importan a la gente de hoy en día: divorcio, pérdidas, sida... y me gustó el epílogo. Llega al corazón. Pero no sé... no, sí... sí, creo que debería publicarse. A ver qué piensas tú.

—Está bien. La leeré y, asumiendo que me guste, puedes trabajar con ella.

—Preferiría que lo hicieras tú. Sí, por favor, ocúpate tú. ¿Vale?

—Claro.

Sylvia silbó cuando entraba en su oficina.

Vas por el buen camino, muñeca. Por el buen camino.

La presidenta fea

Hace 20 años, la presidenta Filene Debaluchie Starenovsky murió mientras reinaba con dignidad. Un mes después del acto de despedida, una editorial me pidió que escribiera un libro sobre su ascenso poco ortodoxo hacia ser la más importante. El aceptar la oferta habría sido sinónimo de coronarme como científico político y como director de su campaña, pero aun así la rechacé. Habría sido imposible para mí el ser objetivo. Ahora, siendo un hombre mayor de 87 años que nunca se ha casado, aún pienso en Filene como si estuviera escribiendo el libro que nunca escribí. Confieso que la quería pero que lo mantuve en secreto. Si no hubiera sido tan fea: tenía un cuello delgado, una cara llena de marcas, los pómulos hundidos, una nariz desproporcionadamente pequeña, un bigote peludo con el que algunos la ridiculizaban diciendo que estaba plagado de semillas de amapola. Su barbilla alargada brillaba como si tuviera un barniz amarillo anaranjado que recordaba a una antigua morsa de marfil. Tenía unas arrugas profundas en su frente ancha, Tenía un ligero tic semifacial provocado por un problema neurótico; sin embargo, nada tenía Filene de neurótica. Era un montón pequeñito de energía positiva (medía 1,49 escaso), y brillaba. A pesar de las deformidades de Filene, la veía como una mujer misteriosa y guapa. Gruesas lentes bipolares cubrían el iris azul verdoso que rodeaba aquellas densas pupilas negras. Sus ojos reflejaban sueños idealistas. Desearía haber podido viajar por aquellos túneles negros que eran sus pupilas hacia su mente; sin embargo, me faltó valentía para cortejar a Filene.Recuerdo cuando Filene y yo cenamos juntos para celebrar que había aprobado su examen de abogacía. Estaba radiante y me miraba de forma especial aquella noche, parecía que quería algo más que amistad, pero yo no respondí. Después de cenar la llevé a casa, la di las buenas noches y la enhorabuena y nos volvimos a separar. Creo que hubiera sido muy diferente si hubiera sido más guapa, pero el hecho de ser fea no ocultaba su espíritu y su carrera única en política. Su valentía era mayor que mi cobardía.

Un martes de 2036, año electoral, Filene fue a su despacho, como de costumbre, con una blusa de color crema con emblemas de muchísimos colores de mujeres haciendo submarinismo que había comprado cuando asistió a los Juegos Olímpicos años atrás. Aquella camisa era su amuleto de la suerte. Tenía el borde de color amarillo desgastado alrededor del cuello de habérsela puesto tanto y la quedaba justa de pecho, lo que revelaba los innumerables donuts que había devorado a lo largo de los años; era realmente golosa.

Aquel día Filene había decidido, de forma increíble, intentarlo en el terrible mundo de la política. Cuando avisó a sus clientes de que iba a dejar la abogacía para proponerse para ser Presidente de los Estados Unidos, Sarah Jones, en mitad del proceso de su divorcio, empezó a llorar de desesperación.

—Es terrible—dijo Sarah. —Perderé todo frente a mi marido feo y bastardo.

—Eso no tiene sentido, Sarah—contestó Filene con un tono de voz rajado debido a muchos años fumando (un hábito que no quería dejar). —No sabes lo más importante de los feos. Aunque no podré ayudarte por ahora, podré hacerlo con muchas otras personas en un futuro.

Durante su último día practicando la abogacía, Filene recuperó su muleta de titanio que estabilizaba su inclinación hacia la izquierda debido a que tenía la pierna izquierda más corta congénitamente. Echó un último vistazo al *Don Quijote* de Picasso que había en la pared de la oficina y suspiró; Don Quijote era su héroe.

En su camino de vuelta, miró su reflejo en el espejo por la puerta, retrocedió y le dio con su muleta.

Me había dicho que si sus clientes no se hubieran pasado tanto tiempo pensando en ellos mismos, habrían tenido más compasión hacia los demás.

No tenía ni idea de lo significativo que era aquello y me siento culpable de haber mirado por mí cuando entraba y salía de su oficina.

Filene vino directa a mi casa después del trabajo el día en el que decidió entrar en el mundo de la política a nivel nacional. Me dijo:

—No quiero quedarme a nivel local.

Era exuberante. Filene siempre pensaba a lo grande.

El problema comenzó cuando cargó contra el desquiciante gobierno federal conservador una tarde cuando cenábamos en mi apartamento con algunos de mis amigos involucrados en la política. En lugar de rechazar de inmediato la broma le dije:

—Si no apoyaras tanto a la izquierda, no necesitarías muletas. ¿Por qué no pones tu dinero en lo que te da de comer y te presentas para ser presidente?

De forma inesperada y algo absurda también, Filene se obsesionó con el reto. Yo también acepté el desafío y comencé a animarla enserio para que fuera presidente e incluso analicé la situación haciendo campaña como pude. Hablé de ella a amigos, estudiantes y conocidos. Convencí a Jamie Sikes, un representante joven, para que promoviera su candidatura. Para mi sorpresa y estupefacción, y para el deleite de Filene, el murmullo sobre Filene actuó como el fuego en un bosque en un día seco y con aire. Su entrada en la carrera para ser presidente era una sátira política, un *reality show* entretenido. Pocos la dieron una oportunidad y aquello fue para mí desconcertante. Yo sabía lo sincera que era Filene, lo orientada al éxito que estaba, y también sabía que detrás de aquel desafortunado cuerpo había una persona muy bonita y que merecía la pena. Sentía miedo por ella.

Los esfuerzos políticos de Filene no hubieran sido posibles de no ser por el estado de decadencia del país. A parte de tener una economía hundida, el racismo empezaba a despuntar y el terrorismo, multiplicado a raíz del ISIS, no se había podido contener. Los medios de comunicación manipulaban la opinión pública con encuestas cuestionables. El recientemente formado Consejo de Aspirantes y Supremacía Ética (BAMS, por sus siglas en inglés), estaba formado, en su mayoría, por clérigos y políticos derechistas, y estaba ganando puntos. Habían escalado posiciones tras construir el muro de cuatro metros y medio delimitando las fronteras de norte a sur del país para prevenir la entrada de inmigración ilegal. El país estaba en un estado desalentador.

A pesar de la crudeza de los tiempos, Filene seguía diciendo con entusiasmo que era la candidata óptima para ser presidente. Insistía en que su éxito como abogada sustituiría su falta de experiencia política ya que uno de sus mayores problemas era su falta de cumplimiento legal. Qué seguridad tenía en sí misma a pesar de los chismes que se lanzaban contra ella, y qué arrogancia también para sentirse con facultades, pero esa era Filene, un espectro de personalidades en un paquete increíblemente feo.

Mi involucración vino cuando me dijo:

—Jake, por favor, ayúdame. Necesito a mi Sancho Panza. Sancho Panza, mi compañero, la persona que tiene los pies en la tierra para las heroicidades de Don Quijote.

Su plegaria provocó un sentimiento de *dèjá vu* que me recordó a cuando la apoyé con entusiasmo en el instituto para ser presidenta representante de los estudiantes. Recordar mi angustia y su desánimo Ella reconocía mi vulnerabilidad. Era una masa en sus manos.

—Vale, Filene—le dije halagado. —¿Qué quieres que haga? ¿Qué sea el director de tu campaña?

Se la iluminó la cara.

—¡Oh, gracias! ¡Gracias!

Me desconcertó un poco su tan animada gratitud; la necesidad de proyectar una imagen atractiva de un candidato tan feo parecía tan imposible como pintar un cuadro colorido con una paleta con colores escasos. Leyó mis dudas; a mí siempre me impresionaba su habilidad por saber lo que pensaba y la dije:

—No te preocupes, Filene. Tengo un buen presagio para el futuro, ¡vamos a arriesgarnos!

Así que nos embarcamos en un viaje histórico.

Filene ganó apoyo económico, aunque parezca irónico, de una franquicia de empresas de cosmética. Hablaba de forma incansable por todo el país y en las primarias se llevaba disgusto tras disgusto. Cuando la preguntaban que porqué pensaba que estaba cualificada para ser presidente, usaba su falta de experiencia en política nacional como forma de mostrase honesta. También resaltaba que no debía nada dentro del mundo de la política.

Su candidatura se aceptó de pleno cuando ella misma comparó su situación al éxito de Donald Trump hacía veinte años.

—No todo puede explicarse—decía ella. —Hay veces que las cosas son como son.

Hablaba con libertad de su apariencia poco atractiva diciendo que no era su culpa y resaltando que eso había hecho que se sensibilizara con las injusticias de la vida, un sentimiento que siempre se recibía de buena gana. Ella repetía: "¿Se atrevería alguien con mi imagen a intentar transmitir una cara falsa de sí mismo? Y de ser así... ¿Lo conseguiría?

Los expertos de los medios de comunicación la querían porque era tan tan fea, que atraía a una gran audiencia.

La necesidad de un cambio político hacía que aparecieran muchos candidatos esperanzados y la retasen, pero uno por uno se iban retirando; ninguno tenía el coraje de Filene, y eso hacía que se la viera como una ganadora formidable.

Un afortunado escándalo de prostitución con trabajadoras indocumentadas en el que estaba involucrado uno de los principales oponentes de Filene provocó que este desapareciera del mapa político como si un rayo hubiera caído sobre un árbol y lo hubiera dejado fuera de juego. Filene se convirtió en el caballo negro y serio, tenía potencial para un cambio positivo que ella misma había previsto. También tenía un lado cómico. Yo hubiera elegido el aspecto agridulce de su candidatura para crear una metáfora sobre la decadencia del país si hubiera escrito un libro. Si se la veía como un payaso, Filene era una figura trágica, no era divertida, era una pequeña vagabunda de la humanidad que había hecho por la política, lo mismo que Charlie Chaplin por el cine. Su uso sutil del humor era brillante y efectivo, y en vez de ser vista como una cabeza de turco, la veían como una salvadora; sin embargo, incluso cuando tenía la mayor parte del respaldo político, seguía pareciendo increíble que siguiera nominada a ser presidente.

Ni los expertos ni los votantes creían de verdad que fuera a ganar las elecciones generales; sin embargo, ganó el número de delegados necesarios y la nominaron para representar a su partido. Cuando la entrevistaron después de la convención, dijo con voz impasible: "He ganado por mi carisma". Todo el mundo se rio. Un editorialista insensible dijo: "La belleza ya no significa nada ¡Lo feo está de moda!».

Los americanos se centraron en elegir entre Filene y su oponente, un guapo senador de Wyoming con dos años de experiencia y con una gran sonrisa llamado James Thornton. Con su metro ochenta y dos y su lengua de oro, Thornton tenía una presencia que causaba impresión, sobre todo cuando estaba al lado de la pequeña Filene. A su lado parecía una rata aplastada cerca de un Dios griego. Ya que la imagen impresionante de Thornton tenía peso, al igual que ocurre con el resto de imágenes así, había un desequilibrio en las encuestas que se inclinaba hacia su lado.

Justo tres semanas antes de las elecciones, la gente había dejado un poco de lado a Filene para ver el debate final con la fascinación macabra de ver la sangre correr como un río. Me sentía impresionado de lo tranquila que estaba Filene el día anterior al Gran Debate. Escribo Gran Debate con letras mayúsculas porque es eso, un gran debate que será estudiado de generación en generación. En un principio entendí que el comportamiento tan tranquilo de Filene antes del debate era tal por sentirse resignada. Todo lo que podía hacer era poner mi mano sobre su hombro (rara era la ocasión en la que la tocaba) y decir: "Estoy orgullosísimo de lo que has hecho, Filene". Respondió con una media sonrisa hacia dentro, como si yo no estuviera allí. Aunque aquello me hacía sentir tristemente excluido, por alguna razón me daba también la esperanza de que encontraría una buena forma de aceptar con alegría la derrota.

Thorton llegó al debate desbordado de confianza y vestido con un traje negro y una corbata roja; llegó acompañado de su segunda mujer 20 años más joven que él, Miss Idaho, con un bebé en brazos. Le acompañaban también dos jóvenes impecables de su primer matrimonio y un puñado de familiares. Conversaba de manera informal con su público adorable y pronunciaba banalidades condescendientes como: "Estoy orgulloso de debatir con la distinguida y erudita señorita Starenovsky" o "Es un honor para mí estar en el mismo lugar que mi respetable oponente".

Filene llevaba su blusa Olympic con una mujer buceando bordada; le daba suerte. Yo era su única "familia" y estaba entre toda la gente. No habló con nadie antes del debate y se aferró a su pódium como una guerrera solitaria y asustada por la batalla, alimentada solamente por su interior. No tenía ni idea de que estaba preparándose para hacer algo grande.

El debate comenzó a las 9 de la tarde en punto y se grabó con un registro literal.

Lo reproduciría en mi libro palabra por palabra, pero aquí voy a limitarme a resaltar los comentarios que me parecieron dignos de hacerlo. Solo de pensar en aquel momento, me entran escalofríos.

El moderador empezó hablando del terrible estado de la nación.

—La gente está sufriendo económica y emocionalmente. Han perdido la confianza en nuestro país y están preocupados por su futuro. Le pregunto a cada uno de ustedes cómo, en caso de ser elegidos presidente, levantarán el ánimo de nuestros ciudadanos. En primer lugar, Senador Thornton.

El senador estiró su pecho como si estuviera haciendo Pilates. Hacía pesas a diario y se iba a correr dos veces a la semana. Se notaba.

Thornton dijo con voz resonante:

—Si soy elegido presidente, haré hincapié en la necesidad de mantener el coraje moral y la fe para obedecer el deseo de Dios. Dios es justo y predomina su discreción. Yo fijaré el tono de nuestras almas para conversar con nuestro sentido común y saber qué es lo que está bien. Diría que dejaré que comience el diálogo. Todos sabemos distinguir entre el bien y el mal. Será Dios quién bendiga nuestra democracia. Mi administración se regirá por una regla de oro: Haz para los demás lo que te gustaría que hicieran contigo. Seré el bálsamo que calma y que cura nuestras heridas. Eso es lo que hacen los presidentes compasivos.

Después de su respuesta, Thornton miró a la audiencia proyectando una humildad autocomplaciente. Había jugado el papel de un ministro benevolente en sus inicios como actor y eso hizo que le pusieran el sobrenombre de "Reverendo".

Filene se encorvaba mientras se aferraba al pódium disminuido con su mano derecha y su axila izquierda apoyada sobre su muleta de titanio. No quiso sentarse a pesar de la dificultad de estar de pie durante todo el debate. Sabía que debía actuar como un hombre.

—Desde luego que sí—musitó Filene muy livianamente pero lo suficientemente alto como para que se la escuchase.

—¿Qué opina usted señora Starenovsky?—preguntó el senador. —¿Está de acuerdo conmigo?

El moderador interrumpió. —Por favor, limítense a contestar a mis preguntas. Ahora es su turno, señorita Starenovsky. ¿Cómo cambiaría el estado nacional si fuera elegida presidente?

Filene habló sin notas porque no podía fiarse de que su espasmo facial la dejara mantener su ojo derecho lo suficientemente abierto como para leer en aquellas condiciones de estrés.

—Estoy de acuerdo con el senador Thornton cuando dice que hay que ser buenos con los demás, Pero viendo mi rostro, Dios mío, ¿cómo hacerlo? Creo que puedo hablar con más autoridad que el senador sobre ser amable o atenta.

Suspiró y después fijó mucho su mirada como si fuera a resolverlo. No puedo imaginar lo que tenía en mente e intentaba averiguar qué sería lo siguiente que diría. La audiencia miró confusa; algunos se rieron convirtiendo una ocasión solemne en humor negro. Si la gente viniera a un circo, probablemente creyeran que se encontraban en uno: Un imperturbable payaso enfrentándose a un bufón ostentoso. El moderador paró las risas.

—Vamos sin rumbo, señorita Starenovsky. Por favor, céntrese en cómo su apariencia, como usted la llama, la da más autoridad para comportarse o para ser más compasiva que el senador Thornton.

—Muy bien. Tengo que aprender a tener consideración conmigo misma y no solo con los demás. ¿Qué puede ser más difícil que eso? Mis padres eran buenas personas con un gran corazón y tenían espejos en todas las habitaciones. Les encantaba verse. Eran encantadores; sin embargo, cuando yo me veía en el espejo siendo una niña... no me era posible evitar un sentimiento de... un sentimiento de repulsa. Todos aquellos espejos. Reflejando un monstruo, o así lo llamaba yo.

Hizo una pausa para dejar fluir los comentarios y sobrevino un tremendo silencio. No hubo más risas. Las palmas de mis manos sudaban. Filene continuó.

—Me volví una persona irritable, envidiosa e infeliz. ¿Cómo puede alguien ser fea y sentirse bonita? El senador ha sugerido que adoptemos la política de hacer a los demás lo que nos gustaría que nos hicieran a nosotros. Un sentimiento noble, pero no es algo fácil para todas las personas bonitas y bendecidas de este gran país, personas como el senador Thornton, no es fácil de entender lo que eso significa para alguien como yo. ¿Querría yo que los demás ignorasen mi apariencia? Eso es lo que la gente buena pensará que es lo correcto. ¿Prefiero que mientan y digan que estoy guapa? Senador, señoras y señores, el ser feo no es algo pactado... yo soy fea, afrontémoslo, y feo es el estado del país. Yo tengo una perspectiva única sobre la dificultad de hacer con los demás lo que me gustaría que hicieran conmigo. La imagen que se proyecta de ser amable, nada tiene que ver con serlo de verdad. Debemos mirar más allá.

Hizo una pausa de nuevo.

—Perdonadme—dijo, y se sonó los mocos con un pañuelo. —Así mejor.

No estaba seguro de si Filene estaba aguantándose las lágrimas en este punto del debate. Los comentarios de Filene crearon un momento incómodo. Thornton pasó su peso de un pie a otro y de delante hacia atrás. Cualquiera podía notar que la audiencia, estupefacta, estaba desarrollando un nuevo respecto y simpatía hacia ella. Yo estaba impresionado por su honestidad, admirándola como siempre, y orgulloso de ser el director de su campaña. Empecé a sentirme esperanzado, aunque con cautela, de que saldría intacta del debate. El moderador se frotó la mandíbula y se quitó las gafas pretendiendo parecer sensato. Aquello era algo más que un debate poco común; era el debate menos común de todos los tiempos.

—¿Cómo mirará usted más allá, señorita Starenovsky?— preguntó el moderador.

—Ah sí, ¿que qué haría yo? Eliminaría todos los espejos monstruosos de las casas. De hecho, los haría desaparecer y aspiraría los cristales rotos con una aspiradora sin dejar ni rastro. Mis padres se enfadarían mucho al principio, pero después lo entenderían. ¡Que emoción! ¡Que no se juzgue a nadie más por su imagen! Decidí no volver a mirarme. Desafortunadamente rompí aquella promesa el día en el que dejé mi oficina para emprender esta carrera de ser presidente, pero aquella vez también destrocé el espejo. Nunca más volví a ser la persona más importante de la tierra ni una prisionera de mi imagen. Nunca más volvieron a existir las discusiones entre el lado invisible de mi alma y la parte visible de mi ser. Fue emocionante. La pared opaca sobre la que colgaba el mundo se volvió transparente. Valoramos la libertad por encima de todo, pero nunca hemos considerados que estamos muy limitados por nuestra imagen. Cuando eliminé los espejos, me sentí libre por primera vez en mi vida. Libre de mi misma. ¿Y qué me paso? ¿Me volví más guapa? No lo sé porque no me he vuelto a mirar más, pero lo dudo. No importa ya.

—¿El qué no importa?—preguntó el moderador.

—Sí, ¿qué no importaba?—dijo el senador Thornton.

La audiencia hablaba.

—Era yo quién importaba, no mi imagen. Como Presidente, seré honesta en saber quién y qué somos como nación. No debemos confiar en Dios para que nos salve. Debemos salvarnos nosotros mismos.

El discurso de Filene iba sobre ruedas. Estaba tan emocionada y expresiva que no puedo recordar bien si sé cuáles fueron sus palabras en ese momento, pero no importa. Su entusiasmo y honestidad fueron infecciosos. Su ánimo se cernió por encima de su pequeño y deformado cuerpo, sobre el moderador, sobre James Thornton y sobre todos nosotros. Los espectadores se convirtieron en vecinos gesticulando y hablando entre ellos, algo que les cogió totalmente por sorpresa.

El moderador intentó restablecer el orden.

—¡Silencio, por favor!—gritó.

El senador Thornton aprovechó para hablar cuando el moderador se le quedó mirando.

—Bueno... umm... tendremos que dejar que los votantes decidan si la ausencia de imagen podrá sustituir la presencia de Dios.

Estaba tan encantado que nunca podría expresar lo que sentí con palabras en un libro; aquello no era política ni estrategia. Era algo gutural. Si Thornton se dio cuenta de que estaba en apuros tras el discurso emocional y honesto de Filene, no lo mostró. Sonreía e hinchaba su pecho.

El debate continuó.

—Senador Thornton—preguntó el moderador—¿qué haría usted con nuestra imagen deteriorada en el extranjero?

—¿Imagen deteriorada en el extranjero?—repitió el senador. —No sé exactamente a lo que se refiere. Somos un ejemplo de democracia frente a este maravilloso mundo y todo el mundo quiere venir aquí. Mira cuántos extranjeros suben nuestro muro por la noche para poder entrar. ¡Nos aman!

—Señorita Starenovsky, ¿tiene usted una respuesta?

—Claro—dijo. —El senador, sin quererlo, ha señalado el problema. La gente se decepciona con la imagen de nuestras promesas y nosotros dejamos que se defrauden. Imágenes de nuevo. Yo las prohibiría. Mira, ahí hay muchos ejemplos de nuestra vida diaria. ¿Piensa que nuestra imagen es buena? El resultado es que hay mucha gente miserable y bien alimentada entre una población creciente de esqueletos andantes.

Filene acarició sus curvas y todo el mundo se rio. —Dejemos de lado las imágenes falsas y seamos honestos. La gente come y la comida hace que se sientan seguros y felices. Un poco de grasa está bien. No sigamos resaltando la sombra falsa de la belleza. Lo repito, prohibamos las imágenes y promovamos la realidad.

Los pensamientos de Filene sobre la gordura me resultaban muy simpáticos, y lo eran sobre todo para muchos de los votantes con sobrepeso del país. Pocos minutos después, Thornton salió a la ofensiva y dijo:

—Creo que la señorita Starenovsky tiene dos caras. Porque...

Antes de que pudiera incluso preguntar, Filene interrumpió con una pregunta.

—¿Por qué, senador, llevaría yo esta cara si tengo otra?

Surgió un aplauso.

—¡Silencio!—gritó de forma abrupta el moderador exasperado.

Los espectadores quedaron maravillados con cómo Filene estaba destruyendo a James Thornton; de pronto sentí pena por él. Todos sus esfuerzos y creencias sinceras se habían tornado en barro y aunque Filene nunca se regocijaba, la conocía demasiado bien como para saber que detrás de su abrigo de modestia se ocultaba una sombra de triunfo.

El senador Thornton hizo un último intento por salvar la situación.

—Señorita Strarenovsky, puede que sea la última vez en la que nos veamos a nosotros mismos como los monstruos que ve la gente reflejados en nosotros. ¿No nos ayudará esto a mejorar nuestra imagen en el extranjero y a curar nuestras heridas internas?

Me desconcertó la implicación y la inteligencia de la pregunta. Ya no sabía distinguir el reflejo de la esencia.

—¿Señorita Starenovsky? ¿Tiene una respuesta final a la pregunta del senador?—preguntó el moderador.

Filene jugueteó con su muleta y dejó que pasaran unos segundos para llenar el debate de la ilusión de la sabiduría. Después, con voz tranquila pero lo suficientemente alta para ser escuchada, dijo:

—Una imagen siempre será una imagen.

La audiencia frunció el ceño y asintieron afirmando. La anchura de hombros del senador se combó. Filene había hecho que las elecciones se tornaran a su favor, pero sabía que esto no era suficiente. Necesitaba un eslogan pegadizo que comprendiera una única idea que los votantes pudieran repetir. No sabía exactamente qué usar como eslogan de la campaña de Filene. "Imágenes finales" no tenía suficiente enganche; era demasiado abstracto. Surgió una nueva y morbosa oportunidad. Justo al lado de la sede de la campaña de Filene en Chicago, unos trabajadores desplegaban una pared espejo desde el piso 13 de un edificio que se estaba renovando. Es espejo cayó sobre cuatro adolescentes que caminaban por la calle y mató a uno de ellos en el momento. Dos titulares: "Un espejo caído ha matado a víctimas inocentes" y "FDS se compromete a prohibir las imágenes" se repartieron por las noticias locales. Aparentemente se adentraron en las mentes de los votantes y el repudio que Filene tenía a los espejos y a las imágenes creció por arte de magia entre todos. ¡Imaginaos!

Imagino que hay cosas que uno no puede dirigir ni predecir. Pasan y ya está.

Siguiendo el incidente del espejo, las apariciones públicas de Filene siempre empezaban y acababan con todo el mundo cantando al unísono: "No más espejos, no más espejos". Los espejos se convirtieron en el monstruo que reflejaba imágenes y muerte. Las ventas de los espejos cayeron, el estado de ánimo mejoró y todo el mundo se volvió más educado, menos mezquino con los elogios o con el reconocimiento del éxito de los demás, más compasivo y empático... todo coherente con las ideas de Filene. Incluso yo paré de gastar energía preocupándome por cómo resultaba yo ante los demás y me centré en cómo les veía yo. Si hubiera hecho eso antes, quién sabe, puede que hubiera cortejado a Filene. Era como si su interior hubiera salido, como si su carácter se hubiera convertido en su apariencia.

Los nuevos comentaristas comenzaron a prestar menos atención a la apariencia y al entretenimiento y sus reportajes empezaron a tener más sustancia y a ser más objetivos. Los más desvalidos se ganaron el respeto, los que estaban muy enfermos se esperanzaron con curas milagro y la mayoría miserable de gente rechazada se empezó a sentir poderosa. Había comenzado una igualación fantástica.

La euforia se tradujo en votos que resultaron en una victoria arrolladora para Filene. Durante aquel breve periodo de tiempo nadie la consideró fea. El hecho de prohibir los espejos hizo que las imágenes perdieran su peso y se esfumaran como si se tratase de fantasmas.

Un columnista de influencia escribió de manera perspicaz: "El genio de Filene ha sido eliminar las imágenes en vez de intentar alterarlas".

James Thornton reconoció dos horas después de que se hubieran cerrado las votaciones diciendo con gracia: "Enhorabuena, puede que Dios nos ayude".

Filene siguió promoviendo la eliminación de espejos como metáfora de su administración. Era estricta con la falsa publicidad, hablaba de manera honesta sobre las deficiencias del país y adoptaba las cualidades de países extranjeros cuando estaba justificado. Trabajó bien con el congreso, la economía se estabilizó y subió la moral. Los primeros seis meses de su mandato fueron como una joya inaudita en la historia. Después llegó la tragedia.

A las 6:23 de la mañana del primer miércoles de junio de 2037, varios de los miembros de su equipo escucharon un porrazo en su habitación. Entraron y se encontraron a Filene en el suelo con espasmos. Había intentado ir al baño y había sufrido un infarto. Un miembro del equipo me llamó de inmediato. Vivía cerca y, cuando llegué, Filene estaba en la cama mientras el doctor de la Casa Blanca la examinaba. Ella suspiraba:

—Ha llegado mi fin. Siento dejaros con este olor a carne. Continuó, parecía avergonzada. —Tengo una última petición, si no os importa. Me gustaría verme una última vez antes de convertirme en invisible para todo el mundo. ¿Podrían traerme un espejo?

¡Qué petición tan asombrante y desorientante! Pienso en las capas complejas y contradictorias de la motivación. ¿Tenía razón James Thorton cuando decía que Filene tenía una doble cara? ¿Cuántas caras tenemos? ¿Son la imagen y la sustancia las dos caras de una misma moneda, inseparables e imposibles la una sin la otra?

Tres miembros del equipo salieron de la habitación. Cada uno de ellos volvió con un espejo que había estado escondiendo, ¡escondiendo! Se miraron los unos a los otros con infortunio. Colocaron los monstruos reflejantes en fila delante de Filene ya que estaba demasiado débil para sujetar uno. Pareció sobresaltada al ver su imagen. Los espejos se habían colocado sin intención con una inclinación que provocó que cuando se miró, viera una fila de su misma imagen. Me miró implorándome y me preguntó dócilmente:

—¿Quién soy yo?

—¿Todas? —dije sin estar seguro de mí mismo.

—Puede que sí —contestó mirándome a los ojos. —Es remarcable el hecho de estar muriendo y que estos espejos estén recreando mi imagen una y otra vez. Y es extraño —prosiguió— que si una bala rompe el espejo que hay delante de mí, este, el espejo en el que yo me estoy mirando directamente... —y se acercó con dificultad y tocó su reflejo de cristal— en realidad solo destruirá el espejo que golpea, pero desde mi perspectiva, también acabará con mis imágenes en otros espejos sin afectarme a mí físicamente.

Después de una pausa angustiosa, prosiguió:

—Oh, qué sin sentido.

—No, no es ningún sin sentido—la aseguré.

Era la primera vez que veía a Filene como un espectro de espejismos borrosos que debería haber intentado separar entre sí usando un prisma, no un espejo, escondido en mi mente. ¿Qué Filene me había conquistado y había movilizado a los demás: la idealista, la perdedora superior, la modesta guerrera, la política victoriosa, la activista atenta, la ambiciosa, la pacífica, la humorosa, la triste, la fea, o la mujer moribunda que había delante de mí? Había más Filenes, todas reales. Claro que yo no podría haber escrito aquel libro. Hubiera necesitado una serie de libros voluminosos con papel reflectante y tinta invisible. Estoy orgulloso de no haberlo intentado. Los ángeles, al igual que los espíritus, deben sentirse, no pueden entenderse.

A Filene la lloró gente de todo el mundo y se la consideraba un santo, todo lo santo que puede ser un político. El vicepresidente cumplió su mandato y después el senador Thornton fue elegido presidente con su plataforma "Dios es misericordioso". Se retomaron las guerras, las actitudes egoístas crecieron y el mundo volvió a la normalidad. Todos excepto yo. Yo era ya una persona diferente. Cuando Filene cerró los ojos por última vez, yo sentí una gran tristeza y lamento, pero también un poco de alivio. Cuando cesaron sus espasmos y su rostro parecía contento, atractivo incluso, la encontré más guapa de lo que nunca antes había considerado a nadie y me sentí humillado. Los grandes pliegues de su frente se transformaron en arroyos estrechos y calmados que iban a ningún sitio en particular. De su aura misteriosa, como seguro que también salió de la de su héroe, Don Quijote, con su armadura gloriosa, yo aprendí a entender de forma diferente la soledad, desde su perspectiva y desde la mía, y me sentí privilegiado.

El optimista

El señor Mellows dejó caer su metro noventa y cinco sobre una silla endeble de madera. La sobremesa, que era baja, le presionaba las rodillas. Una luz de fluorescente de 40 vatios parpadeaba en el techo de la habitación vacía; manchas marrones estropeaban el suelo de madera polvoriento. La pintura gris de la pared se estaba desconchando. Había una cucaracha panza arriba cerca de la puerta deformada que tenía un agujero donde se suponía que debía estar el pomo. Una nube oscura eclipsaba el sol y pronunciaba más aún el agujero que había en el panel de cristal de la ventana sin cortinas.

En una lámina impresa en plástico agrietado colgada torcida en la pared había una mujer joven y encantadora que llevaba un sombrero de paja con un lazo rosa y estaba ordeñando una vaca de Jersey en un establo rodeado de álamos llenos de hojas doradas de otoño. Las rocas estaban veteadas con salientes de tonos rojos y cobrizos verdosos que procedían de un riachuelo que iba por toda la lámina. Un ambicioso y joven reportero de la revista *Front Royal Magazine* se sentó enfrente del señor Mellows. Colocó sus gafas con montura al final de su nariz y revisó sus notas. Le ha llevado casi un año el organizar esta entrevista con el señor Mellows de United Steel Corporation. Se espera que sea una buena entrevista que incremente las posibilidades de ser elegido como reportero para los eventos de la comunidad, un puesto ofertado por la revista *Potomac Gazette*, una publicación más ilustre.

El señor Mellows escaneó la habitación de forma imparcial, rascó un lado de su cuello y pasó sus dedos por su pelo fino. Cuando sus ojos se encerraron en la chica de la granja apretando las ubres, suspiró.

—Me da envidia—dijo sudando por la humedad de julio de Washington.

—¿Qué?

—El cuadro. Esa es la vida, ¿o no? Una chica dulce, el campo, la naturaleza.

—Sí, señor. Sé lo que quiere decir. Vamos a trabajar.

El entrevistador parecía nervioso mientras leía la primera pregunta que tenía preparada.

—Señor Mellows no es su nombre real, ¿verdad? ¿Cuál es su nombre?

—Eso es algo irrelevante, ¿no?—contestó el señor Mellows con falta de sensibilidad hacia la juventud del chico. —Respondo a señor Mellows. Yo fui quién hice que el señor Mellows fuera quien es.

El entrevistador buscaba darle una respuesta.

—Pero señor, la gente quiere saber más sobre usted. Usted es todo un misterio. Nadie sabe ni si quiera su nombre.

—Nombre, apellido... Qué dilema.

Aparentemente nervioso, el entrevistador pasó a la siguiente pregunta.

—Mi nombre es Bob—dijo.

—¿Solo Bob?

—Ringling. Bob Ringling.

—¿Tiene relación con el circo?

—No. Todo el mundo me lo pregunta. No me gusta.

—¿Ves lo que te digo? ¿Por qué no te llamas Bob Circling, quitas el enfado y empiezas de nuevo? Escoge tu propio nombre.

El entrevistador se rascó la barbilla.

—Creía que era yo quién le entrevistaba.

—Sí, eso es, pero no estoy seguro de por qué. ¿Por qué he hecho una entrevista?

El señor Mellows preguntó con falsa modestia. El entrevistador agitó la cabeza.

—Usted está en la televisión, en la cartelera; se habla de usted por haber sido elegido el hombre del año por la revista *Time*.

—Ridículo. Nunca superaré a Mayor Gargani. ¿Sabe que su mujer es una Rockefeller?

El entrevistador ignoró la pregunta y miró a la segunda pregunta de su lista.

—Se rumorea que sus padres emigraron de Europa justo antes de la Segunda Guerra Mundial. ¿Es cierto?

—Perdona por desviarme del tema pero, ¿por qué está todo tan vacío aquí? Parece esto una zona de guerra.

El entrevistador apretó la mandíbula.

—Ha pedido un lugar neutral sin publicidad. No quiso que nos reuniéramos en su casa ni en su oficina, ni tampoco en un restaurante. Un agente inmobiliario me dejó usar este lugar que está en venta. Sé que no está muy allá, pero es lo mejor que pude conseguir.

—Me gusta—respondió el señor Mellows que, finalmente, dejó escapar una sonrisa. Seguía mirando a la chica de la granja.

El entrevistador siguió su mirada.

—Acerca de tus padres—dijo, intentando centrar la entrevista. —¿Eran gente de negocios?

Ya no miraba sus notas.

—¡Oh, no, cielo santo! Mi padre era un biólogo molecular, que en paz descanse, y mi madre trabajaba para una empresa de árboles.

—¿Una empresa de árboles?

El señor Mellows pensó un segundo.

—Sí. Era pequeña, medía 1,43 m y amaba trepar por los árboles, solo los ángeles saben por qué. No pesaba mucho como para romper las ramas pequeñas, así que podía llegar a lugares difíciles. La mayoría de su trabajo lo realizaba en los estados de los chicos ricos.

—Bonito y peligroso. ¿Te enseñó eso a superar el riesgo que tienes en tu trabajo?

—Tú verás, se cayó de un álamo blanco a una pista de tenis en su cuarenta cumpleaños y adiós. Yo tenía 12 años. Eso hizo que fuera el único hijo de un padre soltero. Mi padre me dijo que me acostumbrada, que nada dura para siempre. Eso debes anotarlo.

Era duro.

—¡Guau! Qué experiencia para un chico de 12 años.

El entrevistador escribió "nada dura para siempre, padre duro" en su libreta. El señor Mellows metió su mano izquierda en el bolsillo de sus pantalones grises de algodón; sonaron monedas. Se aflojó su corbata granate y deshizo el botón de arriba de su camisa blanca reluciente a excepción de las partes grises descoloridas que había debajo de sus axilas. El entrevistador se secó la frente.

—Su padre debió ser un gran hombre para tener una mujer pequeñita y un hijo como usted. Usted es... bueno... es gigante.

—No. Medía poco más de metro y medio. No intentes nunca cuestionar a la naturaleza. Siempre se reirá de ti. Nada se puede predecir. Ese ha sido uno de los principios que me ha guiado. Eso también puedes escribirlo.

—Sí, señor.

El entrevistador escribió en su libreta "nada es predecible, guía...". Paró de escribir y antes de terminar lanzó una mirada perdida.

—¿Hola?—dijo el señor Mellows.

—Disculpe.

El entrevistador lanzó otra pregunta.

—¿Era su padre un científico conocido? Es decir, ¿estuvo usted expuesto a la fama desde pequeño?

—Poco, aunque eso depende de lo que usted llame fama. La mayoría de la gente de su edificio le conocía, y también le conocían una docena de científicos o así alrededor del mundo. Ganó un premio una vez de una compañía farmacéutica. No, fue de una sociedad de entomología. Era fantástico. Estudiaba los tejidos pegajosos de la planta del pie de ciertos insectos. No me acuerdo de su nombre científico. Apretaban el culo y disfrutaban de cada mínimo detalle de su trabajo, y a nadie le importaba a excepción de a unos pocos compañeros. Discutían como locos para ver quién había descubierto qué primero. Chico, daría para una película aburrida. El verle me ha enseñado mucho de la vida, aunque de alguna manera me haya roto el corazón—el señor Mellows dudó. —La ciencia es fascinante. Algo que tiene que ver con eso es que... bueno... que siempre es válida...—parecía triste y después añadió—La ciencia no depende de tener la percepción de estar en lo cierto.

—¿Es eso lo que aprendió de su padre?

El señor Mellows miró su Rolex de oro y después el cuadro en la pared.

—Señor Mellows, ¿es eso lo que aprendió de su padre?

—Sí, sí. Disculpe. Es tan guapa. Quiero decir, encantadora. Es como la chica con pendientes de perla de Vermeer. ¿Conoce ese cuadro?

—Sí, señor.

El entrevistador miró el cuadro y volvió a su pregunta.

—Sobre lo que aprendió de su padre. ¿Fue eso?

—Da premios, no los recibas. El porcentaje es mucho más alto y todo el mundo y no tú, espera en el borde de su silla. Te hace mucho más importante y no tienes que dar las gracias ni rebajarte explicando que no te lo merecías, que todo se lo debes a los demás, y... en fin.

El entrevistador tomó alguna nota y subrayó una frase.

—Señor Mellows, ¿cómo hizo que USC tuviera tanto éxito económicamente hablando y fuera tan innovador? El uso de grandes planchas de acero ecológico y flexible sobre el que es cómodo caminar, como la hierba y que genera energía del calor que emite el suelo. ¡Es brillante! ¿Cómo surgió?

El señor Mellows se levantó y caminó por la habitación. Echó un nuevo vistazo a la chica de la granja, suspiró sin que nadie lo oyera y se giró hacia el entrevistador.

—La primera cosa que hice cuando llegué a la empresa es quitarle los títulos a todo el mundo. La jerarquía reprime la creatividad. Ayudó a subir la moral y las ideas fluían como el agua. La creación de una energía ligera y ecológica que sustituyera a los aislantes térmicos fue solo una de las ideas y vino de una persona que acabábamos de contratar. La gente joven es demasiado necia para ser precavida. Siempre corren riesgos. Tú eres joven. Sabes a lo que me refiero. ¿Tu corres riesgos?

El entrevistador se sonrojó y no contestó. Preguntó:

—¿No crea eso inseguridad para la gente mayor?

—¿Estás bromeando? La igualdad es algo fantástico. Le da a todo el mundo las mismas oportunidades. Cuando el entrevistador escuchó las palabras "igualdad" y "oportunidad" sus ojos brillaron.

El señor Mellows continuó.

—Todo el mundo gana. Yo coordiné el *show*... como un... como el entrenador de un equipo de béisbol. Sí, así es. Todos los jugadores de béisbol de las mejores ligas son grandes atletas. Así que, ¿por qué lo hace mejor un equipo que otro? Por el entrenador, por supuesto. Es él el que decide qué, cuándo y cómo. Él es la persona que se merece los honores. Por eso es por lo que los entrenadores se encienden si su equipo no gana. Los propietarios saben que un entrenador diferente les hará ganadores. ¡Qué inspiración! ¡Un gran entrenador! Esto lo puedes incluir en tus notas. "El dirigir es un arte". Sí, señor—exclamó el señor Mellows.

El entrevistador escribió en su libreta "dirigir es un arte". Añadió algunos comentarios suyos con letruja con una expresión de desaprobación en el rostro. El señor Mellows caminó hacia el cuadro, cruzó los dedos de su mano izquierda como si rodease una ubre imaginaria.

El entrevistador miró.

—Sería una inspiración para la gente joven escuchar cómo empezaste una carrera de éxito—dijo el entrevistador.

El señor Mellows miró al suelo.

—¿Mi camino al éxito? Yo nunca dije nada con lo que no estuviera de acuerdo la mayoría. Luego lo pongo en práctica. No es necesario ser un ermitaño de laboratorio que está siempre haciendo cosas que no importan a nadie. Nunca he creído en la originalidad del anonimato. Es esnobismo a la inversa. Escucha las voces que hay fuera. Es como mi empresa de basuras.

—¿Empresa de basura, señor Mellows?

—¡Sí! ¡Era broma!

—¿Broma? ¿Basura?

El señor Mellows se gira al cuadro, pasa el dedo índice por la parte superior del marco y le hace un guiño a la chica de la granja.

El entrevistador miró enfadado.

—Ay, esto es inútil, de verdad. Acababa de salir de la universidad. Veamos: hace ya 40 años. El gobierno local quería poner un vertedero en un gran campo que había en un barrio pijo. Dijeron que todo el mundo debía pagar sus deudas. Lo llamaron vertedero. Tierra llena de caca, gérmenes y cosas feas es lo que querían decir. Odio los eufemismos, ¿y tú?

—Yo también.

—Bueno, pues cuando lo leí en los periódicos, ya sabes, cuando los periódicos eran aún solo en papel, convencí a muchas familias del vecindario para que emprendiéramos un negocio de basura para sacar partido de la situación en vez de quejarse. Les dije que podían sacar dinero por vivir al lado de un vertedero, recoger la basura y tirarla a la calle. Era una oportunidad social. Uno de los vecinos tenía una parcela arbolada que... no servía de nada, simplemente quedaba bonita, así que le convencí para que la convirtiera en un aparcamiento para los camiones de basura y así se camuflarían con los árboles. Conseguí algunos inversores que quisieron seguir adelante con la idea y preparé la zona llamando a mi negocio "estado asistencial de purificación".

El señor Mellows guiñó un ojo al entrevistador y luego dijo con voz baja implicando complicidad:

—El gobierno local interpretó que "estados purificados" era más valorable que "estados no purificados", ¿sabes lo que te digo? "Estados purificados" se traducía en mayores impuestos, así que no tendrían problema alguno en darnos la licencia de urbanismo. Creo que no odio tanto los eufemismos después de todo.

Hizo una pausa.

—Disolví el negocio pasados un par de años aunque daba dinero.

Frotó su dedo pulgar y el índice indicando que había ganado mucho dinero.

—Algunas personas dejaron el tema ecológico para aspirar a algo más grande como la poesía o como saber por qué los insectos caminan por el techo, lo que sea. Sin dinero... bueno, sin dinero no se hace nada y la gente se muere de hambre. Puede que quieras escribir eso. El dinero influye.

—Supongo que sí—dijo el entrevistador.

Escribió "el dinero cuenta" y puso dos interrogaciones al final.

Miró al fluorescente que emitía destellos como si le molestara.

—Bueno, jovencito, no es fácil, ¿eh? La idea de entrevistarme era más llamativa de lo que en realidad está siendo. ¿Cierto? ¿Estoy en lo correcto?

El entrevistador se fijó en la mesa como si fuera un niño pequeño al que estaban regañando.

—No, señor, no es fácil. Usted no ayuda. Quiero decir. Su vida es... interesante.

—Claro que lo es.

—Fantástica. Usted hace que las cosas funcionen, que den un giro y allí está usted, en la línea final, solo y sonriendo. Pero, ¿quién es usted realmente?

Una sirena sonó en la calle. El señor Mellows caminó hacia la ventana y miró hacia abajo. Vio el tráfico de medio día, unos cuantos peatones, algo de basura en la acera, un perro atado a una farola y haciendo pipí mientras su dueña, una mujer china de mediana edad, miraba hacia el otro lado. El señor Mellows se giró hacia el entrevistador. Se enderezó con decisión, ignoró el dolor del nervio que le radiaba en su pierna izquierda debido a su estenosis espinal, se giró rápidamente hacia la mesa y se sentó.

—Sigamos. Te prometí una entrevista y una entrevista es lo que tendrás. ¿Quién soy yo? Te lo dije. Soy el señor Mellows, un medio hombre con un medio nombre. Yo mismo he tallado mi camino en la vida, como si fuera un escultor. ¿Lo ves? ¿Lo entiendes? Cada vez que se mueve una pieza del ajedrez, el juego adquiere una nueva estructura, las oportunidades no son las mismas. Yo soy el tablero de ajedrez. Las piezas son mi vida. Yo soy ambas partes de juego, las blancas y las negras, y cuando un juego termina, otro empieza de nuevo y yo siempre estoy ahí. El juego no puede jugarse sin mí. Sin el tablero de ajedrez las piezas no tienen un lugar para moverse. Sin tierra, los arquitectos no podrían construir casas; sin aire, los pilotos no podrían hacer volar los aviones; sin naturaleza, los científicos no podrían descubrir nada. El medio lo es todo. ¿Lo entiendes?

—No, señor.

El señor Mellows miró a las nueves esponjosas que había sobre los álamos en el cuadro. El entrevistador escribió "tablero de ajedrez, el medio lo es todo".

—Después de la basura, quiero decir, del "estado asistencial de purificación", me ofrecieron ser consejero para el gobierno, para el plan urbanístico. Pensé que era raro ya que no tenía experiencia en el sector, pero me hablaron sobre un concepto nuevo emergente, la ingeniería sanitaria, que así era como llamaban a mi negocio de basuras, diciéndome que para los suburbios era algo brillante. Antes de saberlo, yo estaba en la comisión de licencias, planificando cambios en los patrones del tráfico, diseñando instalaciones de recreo en las interjecciones entre las áreas urbanas y suburbanas, uniendo estilos de vida diferentes y demás. Me dieron una condecoración verde cuando decidí irme un par de años más tarde.

—¿Por qué verde? ¿Por la conservación de la energía?

—Puede que sí. La parte de bronce colgaba de una correa verde.

—¿Qué hizo entonces?

—Buena pregunta. Mi punto débil había sido siempre la ciencia, supongo que por mi padre, pero sobre todo porque siempre había visto en la ciencia una manera de hacer dinero. Me imagina que podría conseguir apoyos para cualquier cosa científica si la gente pensaba que podría beneficiarse de los resultados. Se olvidaron de la brecha entre la ciencia y la utilidad

Miró de nuevo a la chica de la granja.

—Si fuera real...—el señor Mellows continuó. —Sea como sea, pensé en arriesgarme y emprender con una empresa de biotecnología. No sabía nada sobre medicina ni sobre biología molecular ni sobre ningún tipo de material, pero sabía que la gente soñaba con descubrir la cura a enfermedades asquerosas y con conseguir la vida y la felicidad eterna. Y eso era la biotecnología, en aquel tiempo: promesas. No opté por ningún estereotipo como el cáncer, la ceguera o la diabetes. No señor. Esas áreas estaban ya muy trabajadas. La competencia es un engorro. Quería resolver problemas del día a día que la gente realmente no se diera cuenta de que lo eran. Tuve una idea que, ahora que lo pienso, era bastante tonta, pero funcionó, aunque no como yo esperaba. La vida está llena de obstáculos. Quería hacer que el sudor oliese bien, que fuera atractivo, sexy. Sé que cualquiera puede ponerse colonia o perfume, pero imaginaba que la gente quería encontrar el modo de llevar su propio sudor en vez de camuflarlo. Vanidad, ya sabes. Conseguí 50 000 000 dólares de capital de la fundación Miss Universe Foundation y fundé mi empresa en Florida, un lugar en el que se suda mucho.

Eso fue una buena inversión que me proporcionó otros 10 millones de dólares. Al principio llamé a mi empresa *Huéleme*. ¿Y qué pasó? Que nunca llegó al mercado que yo quería. Tuve que cambiar el nombre. Demasiado malo. Me gustaba. Mi grupo de investigación movió su culo para encontrar un químico que se pudiera ingerir y que hiciera que el sudor produjese un aroma dulce, pero nada cuajaba.

—Así que, ¿perdió mucho dinero?

—¡No! Creamos una crema hecha de arándanos triturados, ¿o eran fresas? No lo recuerdo. Sea como sea, atrajo a las langostas. Las langostas son un muy buen negocio en Florida. ¿Sabes que las langostas tienen nariz? Bueno, yo tampoco lo sabía, y las atraen los buenos olores, bueno, los buenos olores según su criterio. Las pescábamos a montones y ganamos mucho dinero ya que a la gente le encanta comerlas. Cambié el nombre de la empresa a *Pruébame*. Conocí a un científico que había pasado su vida entera estudiando la nariz de las langostas y que nunca había ganado un euro. De hecho, pedía dinero para seguir investigando solicitando ayudas continuamente. La gente se aburre así. Yo siempre he ido donde estaba el dinero en vez de intentar que el dinero viniese a mí. Eso también puedes escribirlo.

—Sí, señor—dijo el entrevistador y anotó "va donde está el dinero".

Un sonido musical distrajo al señor Mellows. Se dirigió al bolsillo interior de su chaqueta de traje que estaba colgada en la parte trasera de su silla.

—Hola—dijo a su teléfono.

—¿Con la oficina del senador Birch? Esperaré.

Se excusó y se fue al final de la habitación.

—Sí, senador, es el señor Mellows. Qué gusto saber de usted. Fue un placer comer con usted el mes pasado. No, no, tengo todo el tiempo del mundo. No me molesta. ¿Qué ocurre?

Silencio; solo se escuchaban sílabas en tono bajo de parte del interlocutor al otro lado del teléfono y —"ajam, sí, umm, interesante, ah, sí, claro, por supuesto...mmm..., claro que sí" de parte del señor Mellows. El entrevistador espera, mira a su alrededor y se fija en el cuadro. Sus pupilas se dilatan. Deja su bolígrafo en la mesa, se echa hacia atrás en la silla y sonríe. Por primera vez parece relajado.

—Es una idea fantástica, Ralph. Incrementar la visibilidad del acero dará soluciones a los americanos. Puede confiar en USC. No debemos dejar que el terrorismo nos asuste. El acero es impenetrable, resistente, brillante y fuerte. Dice: "No te metas conmigo". Un modelo de casas de acero con muebles de acero propulsadas por energía procedente del césped está diciendo: "la industria vuelve a América, señores". ¡Qué idea! Las casas estarán construidas a prueba de bombas... no necesitarán reparaciones. Sí, señor, con su apoyo y el dinero de los impuestos podremos hacerlo. ¿Cómo? ¿Que necesita el coste estimado y un eslogan antes de que el presidente escriba su discurso de campaña de la próxima semana? Sin problema. Delo por hecho. Y gracias, señor, por su confianza, por su apoyo y por esa gran idea. Es una inspiración. América está en deuda con usted. ¿Qué le parece si comemos la semana que viene? Ah, claro, claro, lo entiendo. Seremos discretos. Hasta luego. Adiós.

Cuelga.

—Disculpe un minuto más, Bob. ¿Está bien? ¿Bob? Necesito llamar a mi representante.

El señor Mellows estaba en alerta, como antes de una batalla. Llama a su oficina.

—Hola. Stacey, llama a Karl. Rápido.

—¿Karl? Cancela todas las reuniones de las próximas dos semanas. No me importa en absoluto en lo que quedamos, solo escúchame. ¿Recuerdas las casas familiares de acero? No estoy bromeando. ¡Silencio! Te he dicho que me escuches. Te daré más detalles después. ¡Joder, Karl! Estás trabajando para mí. Así es mejor. Acabo de hablar ahora mismo con nuestro senador; ha aceptado. ¿Quién lo habría dicho? Hay mucho dinero ahí. Dile a Sam y a sui equipo que creen proyectos de casas de acero en las que todo sea de acero, los servicios, las mesas, las sillas, todo. Sí. Sé que es de locos. No repliques. Diles a los chicos de contabilidad que realicen los cálculos de un coste estimado. Necesitamos también un eslogan atractivo. Te veo en una hora. Ni una palabra a nadie de esto. Siempre te digo cosas que funcionan muy bien. Se trata de tener una actitud positiva. Tu pesimismo me echa para atrás.

El señor Mellows volvió a dejar el teléfono en su chaqueta. Se abrochó de nuevo el cuello de la camisa y se ajustó la corbata.

El entrevistador escribió "actitud positiva, no seas pesimista" en negrita y lo subrayó 3 veces.

—Vayamos terminando, joven. Tengo que irme en unos minutos.

El entrevistador estaba tranquilo y distante. Su mirada giró hacia la chica que estaba ordeñando a la vaca.

—Es encantadora, ¿a qué sí? Quiero decir todo, la escena y todo—dijo.

—Sí. ¿No sería estupendo vivir entre álamos, ordeñando vacas y persiguiendo mariposas?—preguntó el señor Mellows mirando desde el cuadro hasta la cucaracha que había muerta en el suelo.

—¿Es usted divorciado, señor Mellows?—preguntó el entrevistador.

—Sí, desde hace mucho. ¿Tú estás casado?

—No, no, todavía no—dijo el entrevistador.

—¿Tienes niños?—preguntó.

—Una niña, Cynthia. Tiene dos años, bueno tres. Me he olvidado del más pequeño, tiene casi un año. Una monada, al menos lo era cuando le vi por última vez hace seis meses. Es difícil sacar tiempo para ir a Chicago. Ya sabes cómo es. Bueno, sea como sea, debemos dejarlo aquí. ¿Lo tienes? El negocio me espera.

El señor Mellows se puso la chaqueta y sacudió el polvo de la solapa.

—¡Vaya sitio has elegido para la entrevista! Asqueroso. Espero que se venda antes de que se deteriore más. Bueno, ¿qué vas a decir de mí?

Miró a su Rolex. El entrevistador metió su boli en el bolsillo de su camisa. Cogió sus notas, hizo una pausa y lo dejó todo en la mesa.

—Escribiré lo que me ha dicho, señor Mellows.

Se levantó, estiró su camisa, caminó hacia el cuadro y miró a la chica guapa.

—Es guapa, ¿eh?

—Es mucho más, chico, pero sé lo que quiere decir.

—Gracias por la entrevista, señor, Mellows. No tengo palabras para agradecerle haberme prestado su tiempo y su comprensión. Ha sido... muy útil. Se dirigió hacia la puerta sin las notas.

—Desde luego. No vayas tan rápido. ¿Podré ver la historia antes de publicarla? No quiero que aparezca nada que no sea cierto.

—La historia está en la mesa, señor. Tengo que irme antes de que se haga tarde.

—Espera. ¿Dónde vas? ¿Tarde para qué? ¿No necesitas tus notas?

—No donde voy. He visto esa pequeña granja a más de 100 kilómetros de aquí, cerca de donde vive Becky. Voy a comprarla antes de que nadie tenga la misma idea. Es una gran oportunidad. A Becky le encanta. ¿Sabe un sitio cerca de aquí barato donde pueda comprar un anillo de compromiso?—preguntó el entrevistador.

Se fue a la puerta y comenzó a caminar escaleras abajo. El señor Mellows se quedó solo en la puerta.

—En Charles Melinski—le gritó al entrevistador. —Mis amigos me llaman Chuck. Mis padres eran de Polonia. Mi madre trepaba árboles. Murió hace 3 años.

El entrevistador paró y miró hacia atrás. Sonrió. El señor Mellows todavía estaba en la parte de arriba de las escaleras con su pierna derecha condolida por el dolor nervioso soportando todo su peso.

—Gracias, señor Mellows—contestó el entrevistador mientras salía por la puerta principal del edificio hacia la calle.

El señor Mellows gritó lo más alto que pudo:

—¡Eres un optimista, joven! ¡Un Optimista en mayúsculas!

La bocina de un coche apagó su voz y el entrevistador desapareció de su vista.

La fiesta doctoral

Yo no quería dar esa fiesta, fue idea de mi mujer Helen, pero aquí estoy así que voy a dar lo mejor de mí.

La doctora Kretchmer, Judy, mi terapeuta, una mujer atractiva, sexy mejor dicho, y divorciada de unos 30 años, estaba hablando con el doctor Polimer, un reconocido gastroenterólogo que me curó la úlcera hace 3 años. Polimer, de cincuenta y pocos, estaba ahí, de pie, con su metro ochenta, como un atleta olímpico, y parecía estar traqueteando como un juguete de cuerda. Pobre Judy, seguro que se sentía atrapada.

La última vez que vi al doctor Polimer no paraba de hablar sobre su viaje al Ártico, un viaje triunfal como así lo llamaba él, que daba cuenta de aquel oso polar monstruoso y disecado de unos 10 metros que saludaba a todo el mundo que entraba en su casa. No me extraña que su segunda mujer le hubiera dejado hacía poco.

Judy me pilló admirándola desde la distancia. Llevaba una blusa de color lavanda, escote incluido, y una falda de cuero ajustada y negra. Unos zapatos de tacón de al menos 7 cm envolviendo sus pies y unas tiras alrededor del tobillo del mismo color que la blusa que lo marcaban igual que la blusa lo hacía con su pequeño cuerpo, a penas metro y medio (siendo generoso). ¡Qué perfeccionismo! Al verme, rápidamente volvió a dirigir la atención al gastroenterólogo. Los psiquiatras saben cómo un pequeño gesto o la más mínima frase pueden hacer que salten todas las alarmas. Es por eso que ella me saludó de una forma muy profesional cuando llegó.

—Hola, señor Jones. Es un placer verle de nuevo—me dijo extendiendo la mano para saludarme formalmente y luego miró a Helen que estaba detrás de mí sonriendo sin perderse nada y dijo: —Es también un placer verla, señora Jones.

Nunca antes se habían visto. Empecé la terapia con Judy hace dos meses para que me ayudara a salir de una depresión tras mi cese de mi buffet de abogados. Tenía una oportunidad más en un par de años si decidía quedarme, y Judy me había dado la confianza suficiente como para estar allí durante ese tiempo. Hacía un par de semanas me había dicho que debía cambiar mis citas los martes y jueves de la hora de mi descanso para comer a las 6 de la tarde, su última sesión del día. Vale, ni uno ni otro, pero bueno, fuera como fuese, cuanto más tarde, mejor para mí. Lo que se salió del esquema es que hace dos citas me invitara a tomar algo al salir de la sesión. Dado que su oficina es parte de su casa, aquello significaba no salir de allí. Pensé que tomarse algo no importaba y acepté. Después de la siguiente sesión el siguiente jueves, siguió traspasando la barrera profesional: me sonrió con seducción y me dijo:

—He comprado una botella de Chateau Margaux del año pasado que estaba de rebajas. ¿La probamos juntos?

Tenía una debilidad, y no me refiero al vino, así que acepté. Tomamos dos copas en su sofá antes ¡Cómo me gustaba aquella vaga promesa! Me sentí tentado, claro, qué hombre con sangre en sus venas no lo haría, sobre todo porque mi matrimonio de 22 años con Helen estaba en mitad de una crisis. Independientemente de eso, le dije a Judy que necesitaba llegar a casa para cenar y salí corriendo de allí. Claro que a Helen no le dije nada pero no he podido sacar a Judy de mi mente.

Me sorprendió, mejor dicho, preocupó, que aceptara mi invitación para mi fiesta. Era una situación delicada, nada más, pero con eso ya era suficiente.

Aún estábamos en el coctel de la fiesta y los invitados, unos 25, estaban por ahí pululando. Como era natural, la mayoría de los doctores estaban hablando entre ellos como si se conocieran, o al menos, como si tuvieran compañeros en común. Las mujeres y los demás se estaban conociendo. La atmósfera se parecía a la trigésima reunión de mi instituto a la que asistí el mes pasado. Era el único abogado de la sala y me sentía raro, como en mis días de colegio en los que tenía pocos amigos. Había géneros similares: académicos, escritores, doctores... todo era coherente; vestían el mismo uniforme. Pensaban que eran especiales, como de una especie única. ¡Qué ingenuos!

Algunos de los invitados no habían llegado aún, llegaban ya demasiado tarde, entre ellos se incluían: el doctor Walter Wallace y su mujer (nuestro dentista); el doctor Alan Wish, nuestro proctólogo, soltero con buena razón; el doctor Gerald Leaf, nuestro dermatólogo que insistía en que le llamara Greenie, y su guapa pareja Sam; y Michael Schlimer, mi barbero.

Schlimer no era un doctor, pero le invité porque le llamaba Herr doctor y profesor Schlimer por sus ancestros alemanes. Llegó a tener ese apodo por centrarse tanto en las protuberancias y manchas de mi cabeza mientras me cortaba el pelo. Como yo invité a mi barbero, Helen invitó a su peluquero, Rob (los peluqueros no tiene apellidos) y a su manicurista (queriendo ella elevar su estatus) Gloria Shin, una inmigrante china que sabía acupuntura. Helen estuvo de acuerdo conmigo en que el hecho de invitar a las personas que la hacían los tratamientos faciales y la depilación era sobrepasarse.

Todos los doctores (y los que no lo eran tanto) tenían un conocimiento distinto sobre al menos, un aspecto de Helen o de mí, o de los dos, al que teníamos nosotros. Si dieran su opinión (que por supuesto, no dieron por sentido común) habría tantas versiones de nosotros mismos como especialistas en la sala.

Para Helen: tiene una complexión fantástica pero, desafortunadamente, tenía un montón de lunares que no pintaban muy bien (dermatólogo); No responde muy bien a las frecuencias altas (algo cuestionable teniendo en cuenta que respondía a los 40 dB a 2kHz y no a los 40 dB y 4 kHz) en el test de audición pero es demasiado cabezota y no quiere ponerse un *sonotone* (audiófono); Se preocupa por sus periodos irregulares y por sus sofocos ocasionales; los años la están pasando factura (ginecólogo); El tener miedo de coger infección de vejiga como de costumbre hace que evite hasta tomar un simple vaso de vino; una hipocondríaca; debe tener a su marido hasta las narices (urólogo); Tiene el corazón sano pero ¿a quién cree que engaña diciendo que compite en maratones? (cardiólogo); Todos los productos, léase mugre, que se echa encima no van a hacer que vuelva a tener veinticinco años (peluquero).

Es más difícil que yo genere de mí mismo una lista comparable a la de mi mujer ya que dentro de mí está mi propia opinión, pero dejo por aquí algunas posibilidades: tiene el tabique desviado pero está demasiado congestionado como para arreglarlo quirúrgicamente y, además, tiene otras prioridades estúpidas (otorrinolaringólogo); No puedo creerme que piense que puede arreglar su cartílago medial colateral de su rodilla izquierda sin cirugía, qué soñador más equivocado, un supermán delirante (ortopeda); Si afrontara la situación y se quitara las cataratas colocándose lentes fijas no sería tan torpe conduciendo de noche; es demasiado tonto o asustadizo para escucharme (oftalmólogo). No puedo imaginar lo que diría Judy, pero siento mucha curiosidad.

Hay muchos más puntos de vista o, mejor dicho, diagnósticos mejorados de Helen y de mí flotando por esta sala en estos momentos y mucho más reveladores que los que he nombrado. Sin embargo, las palabras pronunciadas por todos esos expertos no adquieren el significado suficiente sin que nuestras percepciones internas, las que determinan quiénes somos, las coloreen. El hecho de desentrañar la diversidad de nuestra naturaleza, las personalidades múltiples que nos componen y que se unen todas para formar un mismo paquete, es un hecho un tanto exasperante como lo es el principio de la incertidumbre de Heisenberg: Este amasijo de diversidad me lleva de nuevo a Helen y a la idea que tuvo hace tres semanas de dar esta fiesta. ¿Qué parte frustrada dentro de sí misma estaba intentando liberar? La fiesta doctoral era una idea chula pero algo extraña. Al principio estaba en contra de la fiesta, puede que porque estábamos pasando por un momento difícil. También era peculiar que estuviera estresada cuando sugirió la idea y evasiva cuando la mencionaba que parecía que tenía más citas médicas últimamente de lo normal. Hablaba de las citas como paseos orientados a la salud. Cuando intenté profundizar un poco, desvió mi atención diciendo: "Solo intento mantenerme en forma, querido. Estoy bien, de verdad". Ese "de verdad", después de "estoy bien" me molestaba y aún lo hace. Ella no es una mujer "de verdad". ¿Estaba intentando auto convencerse o convencerme a mí o a los dos?

El domingo siguiente mientras desayunábamos y yo leía el periódico, Helen dijo:

—Vamos a dar una fiesta así, la reunión doctoral.

Al principio no me gustó la idea, pero la reconsideré cuando se refirió a los doctores como una colección. Aquello le daba a la fiesta un tinte de unidad.

—Sí, Helen—dije—eso es exactamente lo que somos nosotros, una colección. Vamos a unir a los miembros de nuestra colección de doctores. Después de todo nos ha llevado años el tener tantos con tanto cariño. ¿Forman un gran grupo, no? Qué idea más novelesca, el reunirles como una única unidad en una sola habitación.

Como una parte de mí pensaba que la fiesta podría ser divertida o al menos, interesante, no estaba feliz con mi respuesta sarcástica. Esa fue una de esas ocasiones en las que yo no me gustaba mucho.

—¿Un gran grupo?—repitió ella transmitiendo ira mezclada con tristeza.

Intentando redimirme busqué su mano izquierda (la derecha estaba en parte paralizada debido a un accidente de tráfico que tuvo dos años atrás cuando yo conducía demasiado rápido para hacerlo por una carretera resbaladiza).

—A lo que me refiero con "gran grupo" es a que son, como decirlo, salvadores, ¿no? Nadie ha hecho más por nosotros que nuestros doctores.

Mi voz sonaba vacía y no me convencía ni a mí mismo. De forma tonta, seguí.

—Dudo en si podría tener a los abogados tan bien valorados aunque puedan ser de ayuda.

¿Por qué no puedo callarme?

—Y siendo, sinceros, Helen, ¿cuántos amigos de verdad tenemos—continué—amigos que veamos con tanta frecuencia como a nuestros doctores y similares que cuidan de nosotros y de los que tanto dependemos?

—Desearía que así fuera—dijo Helen y después hizo una pausa durante la que se pronunció el hoyuelo que tenía en la barbilla, algo que hacía cuando estaba preocupada. —Que fueran salvadores de vidas, quiero decir. Quizás.

—¿Salvadores?—repetí.

—¿Qué tiene de extraño? ¿Puede que la palabra «qué»?

—¿Qué? Nada. Nada, de verdad.

—¿De verdad que nada?

Estaba confuso.

—Nada.

No es que entendiera lo que quería decir ni lo que había en su cabeza, porque no lo entendí, pero su voz distante y sola sonaba como la de una chica perdida y yo pensé en que lo mejor era darla su espacio.

—Vale, demos esa fiesta—asentí.

Mandamos por correo electrónico las invitaciones esa tarde. Cuando le dije a Judy (que ya había recibido una invitación) que Helen estaba siendo evasiva con sus visitas médicas, se lo tomó como algo normal asociado con la menopausia.

—Centrémonos en ti—me dijo ella.

—Vale, está bien, ¿pero no es mi mujer asunto mío?— contesté.

Pensé que podría preguntarle al ginecólogo de Helen, al doctor Harold Lupkin, si algo iba mal con su menopausia, pero decliné la idea. Le prometí a Helen que no sacaría temas médicos en la fiesta pero, ¿de qué hablar si no en una sala llena de doctores? En cualquier caso, el doctor Lupkin sacaría a relucir sin duda el tema de la confidencialidad de sus pacientes. El mundo de los doctores es como la Agencia Nacional de Seguridad con la excepción de algún que otro punto débil.

Y ahora, aquí estamos, en la fiesta doctoral, en la fiesta de Helen. Tengo en la mano un vaso de vino tinto y estoy

mantenimiento conversación con el doctor Summer, mi po-
dólogo, el responsable de los insertos en mis pies. Intento por
todos los medios ser simpático, pero, honestamente, es aburrido y no sé qué decir.

—Mi juanete está mejor—le digo algo desesperado.

Cuando intenta enseñarme su pie para mostrarme su juanete, sé que es hora de marcharme. Me bebo lo que me queda
de vino y me disculpo. Mientras espero en la barra para pedir
otro vaso de vino, veo que Helen está hablando con nuestro
dermatólogo, Greenie, que había llegado por fin.

—Bonito bronceado, Helen—le escucho decir.

Helen se había pasado todo el fin de semana anterior en
la playa con su amiga del instituto. Siempre me he preguntado
por qué las mujeres que tienen mejores amigas pueden llamarse
así, "mejores amigas" entre ellas y, sin embargo, un hombre y
una mujer no pueden ser "mejores amigos" si no simplemente,
"amigos".

—Debía mantenerme alejada del sol, ¿no?—dijo Helen
mostrándose culpable.

—Bueno, sí, es lo que suelo aconsejar a mis pacientes, por
el cáncer de piel, ya sabes, pero ha sido un verano muy bonito
para estar fuera.

—Sí y, además, no vivimos para siempre—dijo Helen.

—Claro, al menos no bajo el sol—dijo Sam, el compañero
de Greenie.

Su piel tenía un color rojo que se parecía a una langosta
cocida. Greenie le lanzó una sonrisa en desacuerdo. El refrán
"Haz lo que te digo y no lo que yo hago" vino a mi mente.

Vi a Judy al otro lado de la habitación hablando todavía
con el doctor Polimer. Se habían separado un poco del resto
y su blusa lavanda iridiscente la hacía brillar como un rayo de

luz. Me preguntaba de qué hablaban durante tanto tiempo. Están muy cerca.

—Hola—dice Sally, mi higienista dental, que sale por detrás de mí e interrumpe mis pensamientos.

—¡Sally! Qué bien que hayas podido venir.

Ella es un cambio agradable entre todos los doctores. Sally se concentraba en purificar mi boca, en hacer que mis dientes fueran más blancos y brillaran más en lugar de llenar mis oídos con advertencias médicas asustadizas o con órdenes para que cambiara mi estilo de vida: haz más ejercicio, pierde peso, prueba otro medicamento para que te baje la presión arterial o intenta bajar el colesterol (el malo). Sally había arreglado mis dientes astillados, había limpiado mis encías y, además, limpiaba mi dentadura cuatro veces al año durante los últimos veinte años (soy propenso a crear sarro). Nadie conocía mi boca enorme como ella, así que cuando decía: "Tienes una boca grande", aquella afirmación tenía un significado completamente diferente a cuando lo decía Helen o cuando un compañero o adversario lo hacía. Sin contexto, sin una visión acertada, las palabras no eran más que aceite flotando en la superficie de un océano de profundidad indeterminada. Sally vio el cuenco con los caramelos cubiertos de chocolate que había en la mesa de café a mi lado.

—Están deliciosos—me dijo haciendo gestos e intentando ser educada.

Me había dicho infinidad de veces que me mantuviese lejos de ellos; las caries, vaya.

—¿Cómo va la sensibilidad de la pieza 27?—me preguntó.

—¿La 27?

—Sí, ya sabes, el diente que estábamos viendo. ¿Algún dolor?

A Sally le gustaba usar el "nosotros".

—Va bien—mentí.

Caries. Descomposición. Deterioro. Todo eso venía a mi mente. Doctores, proveedores de todo tipo; siempre están buscando problemas que puedan solucionar.

—Bien. No más oro por ahora—dijo ella.

Todos mis empastes eran de oro para que durasen más tiempo. Es caro, pero me lo tomé como una inversión asumiendo que el oro aumenta su valor a medida que pasan los años. Soy optimista después de todo.

Llaman al timbre. Helen saluda al doctor Walter Wallace, el dentista, el último en aparecer. Estoy lo suficientemente cerca como para oírle decir:

—Siento llegar tarde. Mi mujer me ha vomitado en los zapatos cuando acabábamos de salir por la puerta. Debe tener algún virus estomacal. Se ha quedado en casa descansando.

—Lo siento. Espero que todo esté bien—dice Helen.

—Claro—dice el doctor Wallace. —Tenía otro par de zapatos. No hay que preocuparse. ¡Menos mal!

Walter Wallace mira a Sally, su compañera, y a mí.

—Siento llegar tarde, viejo amigo.

Le guiñó un ojo a Sally y me dio la mano como si fuera uno de los aparatos que usa en el gimnasio. ¿Viejo amigo? Eso es nuevo. Es divertido ver cómo una relación depende tanto del entorno en el que se mueva.

—Qué bueno que pudieras hacerlo, Walter.

—Bonito hogar—dice mirando alrededor. —¿Todo bien entre Helen y tú?

Walter movía sus ojos de acá para allá mirando al resto de invitados sin estar aparentemente interesado en cómo estábamos Helen y yo.

—Sí, gracias—respondí de una forma tan insignificante que pareció un eco saliendo de las profundidades de un cráter perforado en mi pieza 27.

—¿Qué hay de ti?—le dije intentando llevar la conversación por una dirección diferente a mí.

—¡Todo genial!

Me llenó la envidia.

—Mi juego de tenis es increíble, sobre todo mi derechazo—dijo radiante. —Es como la mantequilla.

No tenía ni idea de cómo golpear una pelota de tenis podía sentirse como un grasoso trozo de desayuno. No tiene importancia. No he jugado al tenis en años.

—Aún tengo problemas en mi revés—protestó Walter.

Giró su brazo para mostrarme su golpe y golpeó al vaso de vino tinto que sujetaba Elaine, nuestra masajista, cayendo este a nuestra alfombra persa. Helen estaba en lo cierto; debería haber servido solamente vino blanco que no deja mancha si se derrama. A mí me gusta el tinto, insistí.

—Lo siento—le dijo Walter a Elaine, contemplando su cuerpo a medida que se agachaba a coger el vaso.

Elaine nos daba un masaje una vez al mes cuando estaba en la ciudad. Viajaba con frecuencia con sus clientes más vip.

—No hay problema. Me lo rellenaré.

A Elaine no le molestaba nada. El masajear cuerpos debe ser terapéutico. La sonreí. Cuando Walter se pone de pie de nuevo, vuelve a la pista de tenis, su verdadero amor.

—Creo que golpeé la bola demasiado tarde con mi revés—dijo alegremente analizando su juego. Mi golpe a veces va demasiado lejos.

La mancha de vino tinto que parecía sangre húmeda había ya pasado a la historia para él. Aún tendré que lidiar con Helen por esto. ¡Qué afortunado es Walter! Buscaba alguna arruga en su joven rostro y no encontré ninguna; aunque tenía alrededor de 60 años, parecía que yo le sacaba 20. Rebosaba buena salud y autosatisfacción: su negocio estaba en auge (los pacientes llenaban las salas de tortura de su clínica) y su derechazo funcionaba cada vez mejor. Contrastando con lo anterior, yo me negaba a empastarme una caries en la pieza 27, tenía una mancha en nuestra alfombra cara, mi culpa por insistir en servir vino tinto, me habían omitido como socio en mi buffet de abogados y mi relación con Helen se tambaleaba; y para colmo, Judy.

El doctor Polimer estaba acariciando el brazo de Judy en la esquina de la sala y sus ojos estaban nublados. Puede que estuviera equivocado, ella estaba distanciada, pero no me gustaba lo que veía.

Helen anuncia que la cena está lista y todo el mundo se dirige a la mesa del buffet que se encuentra en el salón. Yo me coloco al final de la cola de invitados. Helen merodea por allí intentando ser maja con todo el mundo, pareciendo nerviosa, gastando energía... aunque no hay necesidad de nada que no sea disfrutar de la fiesta. El servicio de catering lo tiene todo controlado y los invitados parecen contentos. Me empiezo a enfadar con ella. Rob, el peluquero, pasa del comedor al salón, moviendo los brazos mientras habla con mi barbero, Herr el doctor y profesor Schilimer de que el pelo largo está de moda hoy en día. Escuchó a Rob decir:

—No lo cortes tan corto, no, no, no, no es sexy.

Schlimer se acerca a mí, mira mi cuero cabelludo brillante rodeado por un mechó de pelo gris y encoge sus hombros.

—Si tú lo dices... pero mis clientes son bastante diferentes a los vuestros—le dice a Rob en mi beneficio.

—¡Ay, Helen, tu pelo está precioso!—dice Rob cambiando de tema y lanzando un cumplido que era, en realidad para él.

Helen fuerza una sonrisa.

—Gracias—dice moviendo más sus labios que sus cuerdas vocales.

Me dijo antes de la fiesta que su pelo era un desastre pero que estaba atascada con él, que no sabía qué hacer; ¿qué podía hacer?

Helen se une a mí en la cola del buffet. Siento pena por ella, pero no sé por qué. Cojo su mano izquierda. Tiembla un poco. Parece avergonzada mirando los dedos de sus pies que asomaban por la abertura ovalada de sus nuevos zapatos. El color rojo brillante de sus uñas es llamativo al lado de sus zapatos de color plata. Creo que ella también lo piensa. Eso hace que me sienta feliz. Judy se mueve cerca del gastroenterólogo.

—¿Estás bien?—me pregunta Helen.

—Pareces, no sé, distraído—me dice susurrándome al oído. —Puede que esta fiesta no fuese muy buena idea.

El hoyuelo de su barbilla indicaba preocupación pero, ¿por qué?

—Estoy bien—le dije absteniéndome de decirla 'te lo dije'.

Los ojos de Helen paseaban por la habitación dando pequeños tumbos. Su mirada se centra en una cara que no conozco.

—¿Buscas a alguien en concreto?—la pregunto.

—¿Que si busco a alguien?—repite ella. —No, en realidad no.

Aquel "en realidad" de nuevo. Puede que sospeche algo sobre Judy, o puede que se sienta tímida delante de aquella colección de médicos (o jueces) de su cuerpo.

—¿Quién es aquel tipo al que estabas mirando hace unos segundos? Nunca antes le había visto.

—¿A quién te refieres?—pregunta ella.

Le señalo.

—El tipo que está en el sofá con la corbata gris y la americana azul.

—Ah, es el amigo del doctor Polimer—dice como si le conociera bien. —James Ribbons, un oncólogo. Se divorció hace unos meses. Después de una pequeña pausa durante la que pareció incómoda, Helen añade: —El doctor Polimer me preguntó que si podía venir y le dije que sí. Supongo que los divorciados se apoyan entre ellos.

¿Un oncólogo amigo de Polimer? ¿Divorciado recientemente? ¿No es extraño que Helen nunca me hubiera hablado de él? Es bastante guapo. ¿Será que Helen tiene su Judy o incluso algo más? ¿Quería dar esta fiesta para decirme algo? No, eso no es muy propio de Helen.

Judy y Polimer se unen a la cola detrás de nosotros.

—Hola, señor Jones; hola, señora Jones. Una fiesta fantástica—dijo Judy con su fachada.

Suena raro de parte de Judy el llamarme por mi apellido. Intento sonreír y no dar las gracias deseando poder desaparecer. Helen aprieta la mandíbula y lanza a Judy una mirada malévola (¿o me lo estoy imaginando?) que pronto queda en una sonrisa forzosa. Espero que la luz esté lo suficientemente baja como para camuflar la rojez de mis mejillas. El doctor Polimer coge el brazo de Judy.

—Hace calor aquí—digo soltando mi corbata.

—¿Si?—dice Helen.

—¿Bajo el termostato del aire acondicionado?

—Oh, se está bien señora Jones.

Judy parecía muy cómoda en una situación que yo consideraba, como he dicho antes, delicada. Helen y yo llenamos nuestros platos con comida: ella salmón y habas verdes y yo carne asada y patatas fritas. Considero nuestros gustos más complementarios que diferentes; juntos tenemos una dieta sana y sabrosa.

—Separémonos para cenar. Necesito ser sociable con los invitados—dice Helen.

—Ok—asiento.

Me dirijo a Elaine, la masajista, y su cita. Su sonrisa es magnética y hay una silla vacía a su lado para mí. Miro a Helen para ver a quién va a unirse ella. Pasa al lado del dentista, Walter, que está sentado junto a Sally, la higienista, y su marido y escucho a Walter el dentista decir:

—Creo que Djokovic es invencible.

Helen se acerca a James Ribbons, el misterioso oncólogo divorciado. Ribbons anima a Helen a que se una a él y se sienta en el sofá. Elaine me dice que me una a ellos y me siento a su lado. Mi curiosidad se centra en Helen y Ribbons, mientras que Elaine habla con su cita como quiera que se llame. Si Ribbons y Polimer son amigos, me pregunto por qué no se sientan juntos en la cena. Ninguno tiene esposa. Puede que Polimer esté demasiado absorbido con Judy que está a su lado. Algo me huele mal. Judy y Polimer se van a un lado y se sientan en dos sillas separadas del resto. Ella se ríe de algo, probablemente de cómo el señor Cazador acabó con un dragón o una criatura monstruosa. Disfruto de la cena y de la charla con Elaine y su cita. Me dicen que es guardia de la Casa Blanca pero eso no me hace sentir más seguro.

Después de tomar un pastel de cereza y helado para el postre, los invitados empiezan a sentirse inquietos. La fiesta está terminando. Helen me ve mirándola y sonriendo vastamente. Esa es la única forma en la que lo puedo describir: vastamente. Incluso saludaba como flirteando cuando solía hacer cuando yo la cortejé hacía ya muchos años. Un aire de despreocupación que siempre me ha gustado sustituyó su apariencia preocupada y distante. ¿Qué ha pasado? James Ribbons se levanta, se dirige al ginecólogo de Helen, el doctor Lupkin, y le dice algo. Lupkin sube sus cejas y asiente. El lenguaje corporal a veces habla más que las palabras.

Aunque algo confuso cuando Helen empezaba a parecer feliz, la felicidad se me contagió. Por alguna razón ya no me sentía un extraño en medio de toda aquella colección de doctores. Golpeé mi vaso de vino vacío con un cuchillo para atraer la atención. Todos los ojos se centraron en mí y me levanté.

—Gracias a todos por venir esta noche. Sé que no dimos las invitaciones con mucho tiempo de antelación. Para ser honesto, fue Helen la que tuvo la idea de dar esta fiesta y acertamos. Estoy contento de haberlo hecho.

Helen me sonríe desde el final de la sala.

—Nosotros también lo estamos—dice Walter.

Un murmullo de aprobación flota por la sala.

—Como veis—hago una pausa para cristalizar mis pensamientos—creo que a todos nos mueve un futuro abstracto y frágil, una ficción que siempre va por delante de nosotros, que da forma a nuestros pensamientos y sueños y significado a nuestras vidas.

Un murmullo de aprobación me da confianza suficiente para continuar.

—Pues bien, sois todos vosotros, nuestra colección de doctores la que cura nuestras heridas y nos mantiene sanos, y vosotros, nuestros proveedores, Herr doctor y profesor Schlimer y Elaine, Rob y Sally y el resto de vosotros, no puedo mencionaros a todos por vuestro nombre, que cuidáis de nosotros y nos aportáis felicidad y planes de futuro para que se hagan realidad. Dependemos de vosotros. Helen y yo os damos las gracias.

No sabía qué más decir así que me senté de forma algo patosa casi perdiendo mi silla. Polimer se levantó y rompió momentáneamente el silencio:

—Somos nosotros los que os agradecemos esta tarde maravillosa. Un aplauso.

Qué bien sienta aun cuando no es merecido. Polimer se sienta al lado de Judy. Los invitados se levantan e intercambian palabras de despedida. Helen viene y me besa en la mejilla. Parece radiante, tan guapa como siempre.

—Ha sido muy bonito. Te quiero.

Esta vez no hubo ningún "realmente".

—Yo también—la digo, y lo siento, pero me siento culpable por haber dado esa charla después de haber sido un cascarrabias con la decisión de dar la fiesta.

—Helen, parece que de repente estás aliviada o feliz, no sé. Es bueno verte así. ¿Qué ha pasado?

—Oh, ha sido el doctor Ribbons. Me ha alegrado el día.

Mis músculos faciales se tensan, pero Helen no lo nota.

—Es oncólogo. ¿Recuerdas?

—Claro.

Ella continúa.

—Sé que he sido evasiva esquivando tus preguntas, pero estaba muy preocupada y no quería preocuparte. De hecho, creo que no quería preocuparme más yo involucrándote a ti.

—¿Oncólogo? ¿Cáncer? ¿De qué estás hablando?

—El doctor Lupkin vio un bulto en mi pulmón días antes de que quisiera dar esta fiesta. Me mandó hacerme una mamografía y luego acudir al doctor Ribbons para hacerme una biopsia. Creía que iba a morir. Eso es lo que le pasó a Janice, nuestra vecina, hace unos años, ¿recuerdas? Ahora ella ya no está. Pero es benigno, nada, ¡es solo un quiste!

—¡Ay, Dios! Deberías habérmelo dicho. No puedo creer que no lo hicieras.

—Veía mi futuro, nuestro futuro, desaparecer y estaba aterrada. Creo que me refugié en los doctores... no sé, bueno, por desesperación. Pero, ¿no es fantástico? ¡Estoy sana! No más doctores por ahora. Nuestro futuro no es ficción.

—¿De dónde has sacado eso?

Me encojo de hombros.

—No lo sé.

Pongo mi brazo alrededor de Helen para tenerla más cerca. Nos besamos: nuestras lágrimas se mezclan. Charlas pequeñas y los huéspedes se marchan, poco a poco. Herr doctor y profesor Schlimer y Walter se fueron juntos.

—El golpe del golf es similar al revés del tenis; la diferencia es que la pelota no se mueve cuando golpeas así que eso ayuda—dijo Schlimer mientras salían por la puerta. Walter mueve su brazo como si estuviera golpeando una pelota de golf imaginaria.

—Sé lo que quieres decir—dice pareciendo encantado con la sugerencia.

Judy se va hablando con Polimer, el cazador, con su largo brazo alrededor de su cintura una vez que están en la puerta. No me preocupa.

—No veo al doctor Kretchmer con Judy, ¿no? Así de esa manera—dijo Helen. —Parece muy maja, pero es tremendamente joven y bueno, no sé, demasiado guapa para un psiquiatra. ¿Qué ocurre entre ella y Polimer?

—No tengo ni idea.

Le digo a Helen que lo suyo con el doctor Kretchmer no funcionó.

—De todos modos, voy a dejar la terapia, Helen. Me siento mucho mejor.

Helen parecía feliz.

—Quiero decir, Helen, que se lo diré al doctor Kretchmer está semana, sí, realmente así lo haré.

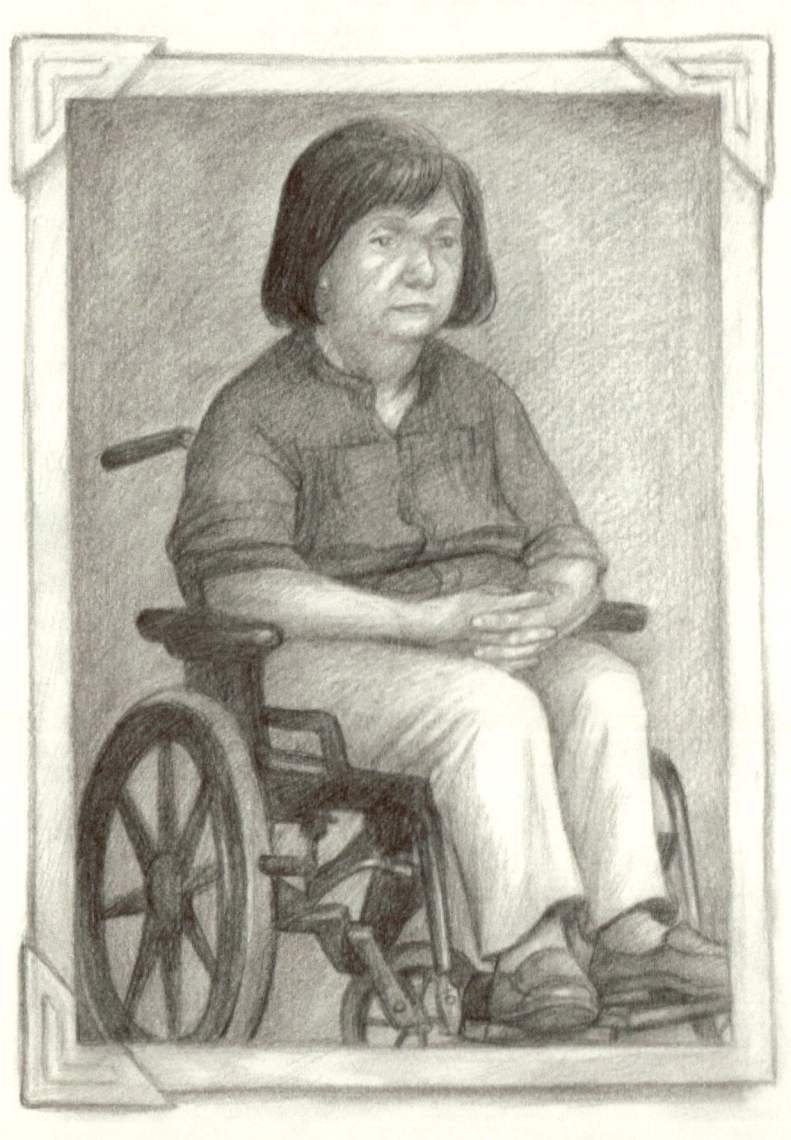

El milagro de Estelle

Por tercera vez en la ronda, Benjamin no tenía ni un solo par de cartas que casara en sus manos. Su frustración se duplicó cuando Estelle anunció sonriente:

—¡Gin! No todo es suerte y lo sabes—dijo transmitiendo tal satisfacción que hizo que Benjamin se fuera por el mal camino.

Cada miércoles por la noche, Benjamin acompañaba a Melinda, su mujer de 42, cuando visitaba a la "pobre inválida de Estelle". Melinda era más generosa que él, siempre quería ayudar a los que lo necesitaban, algo que le encantaba de ella; sin embargo, no importaba lo pobre que fuera Estelle, que él se irritaba viendo cómo se le escapaba su preciado tiempo juagando al Gin Rummy con la desagradecida y enfadada Estelle en vez de atender el trabajo que tenía sin terminar. El trabajo científico de su estudiante postdoctoral necesitaba revisión, no había preparado la clase magistral que debía dar en Harvard y su lista interminable de tareas administrativas para la Universidad de Georgetown le pesaba.

—Larry no ha venido a verme esta semana; estará demasiado ocupado como para venir a comer con su madre enferma—se quejó Estelle—y además, mi televisor parpadea tanto que no soy capaz ni de ver Oprah sin marearme. El reparador no vendrá en otra semana. Siempre soy la última en la lista.

—Venga, Estelle—dijo Benjamin. —Déjalo estar.

Melinda le lanzó una mirada de desaprobación. "Mierda", pensó Benjamin. No puedo ganar.

—Mis piernas están frías hoy—continuó Estelle ignorando el comentario de Benjamin y poniendo su espalda recta en la silla de ruedas.

No podía moverse de cintura para abajo y era extremadamente sensible a los cambios de temperatura desde la aparición de una enfermedad nerviosa rara degenerativa hacía ya tres años. Se había mudado de Chicago a Bethesda para recibir tratamiento médico de parte de un neurólogo muy reconocido en el Instituto Nacional de la Salud. Ninguno de sus doctores sabía si su enfermedad se detendría algún día.

Benjamin le preguntó a Estelle por su enfermedad mientras repartía una nueva ronda de cartas.

—Será lo que Dios quiera—dijo ella sorprendentemente poco enojada.

—Sé valiente, Estelle. Quizás el doctor Jensen pueda ayudarte—dijo Melinda.

"No será lo que Dios quiera", pensó Benjamin. "No tiene nada que ver con Dios. Es algo genético, viral, o vete tú a saber qué".

Aunque Melinda hablaba a Estelle con cariño, Benjamin se preguntaba qué pensaba ella realmente. Dos horas antes de venir a jugar a las cartas aquella tarde, Melinda dijo:

—Allí vamos de nuevo, querido. Se hace cuesta arriba, ¿no?

Una vez más él había pasado de preguntar por qué tenían que ir cada miércoles por la noche a casa de Estelle como si fueran robots. En lugar de eso, preguntó: ¿Cómo piensas que Dios nos recompensará por nuestros "mitzvahs de Estelle"?

—Con una sorpresa o dos, quién sabe.

Melinda había aprendido a medir su sarcasmo. Además, quedaban dos días para el Año Nuevo judío y eso la hacía estar en paz. El *Rosh Hashanah* y *Yom Kipper* eran las únicas prácticas religiosas que Benjamin compartía con ella. Decía ser un especialista en el día de *High Holy*.

Estelle parecía más tener sesenta y muchos que cincuenta y dos. Había envejecido de un día para otro cuando su marido la abandonó pocos meses después de perder el uso de sus piernas. Él decía que nada tenía que ver con su enfermedad, pero Melinda no se lo creía. Raíces blancas plagaban la cabellera castaña teñida de Estelle, uno de sus pocos intentos para parecer más presentable. Desde su enfermedad, se negó a cuidar su cuerpo y su casa. Su ropa estaba manchada a menudo y sus zapatos sucios; las cosas por ahí descolocadas, periódicos viejos y platos sin lavar por su pequeño apartamento. Había ganado unos nueve kilos desde que se había unido al templo hacía unos seis meses. Su cara rechoncha carecía de expresión incluso cuando se quejaba y su monotonía provocaba una reacción a la defensiva en Benjamin; sin embargo, luchaba para dar un paso atrás, aunque no siempre lo conseguía, ya que sabía que ella no le atacaba a él personalmente. Estaba haciéndolo principalmente por Melinda. Benjamin no era de naturaleza compasiva. Veía las uñas de Estelle cubiertas de esmalte rojo apagado y algo descascarilladas como si se tratara de armas que habían perdido su poder amenazador; eran como las garras de un depredador y calmaban su deseo de criticarla. No era lo que dijera ni su apariencia lo que más le irritaba, era su seguridad sobre todo. Como científico académico que era, siempre se rebelaba contra cualquier opción que no estuviera apoyada por la evidencia.

La siguiente mañana de viernes, Benjamin caminaba hacia el templo con su libro de rezos pero pensando en la clase magistral que se estaba perdiendo en la universidad sobre células madre.

—Buen día—le dijo a Melinda y después contempló el cielo azul sin nubes.

—Sí—contestó mientras entraba en el templo.

Mientras comenzaba el servicio del *Rosh Hashanah* y los asientos vacíos se iban llenando, notó un arañazo fino en diagonal en la parte trasera del banco que había delante de él. Se acercó y vio un corazón fino en la base incrustado en la madera y echo con la misma punta que el arañazo.

"LN + PDU" era lo que ponía debajo del corazón.

Comenzó a especular con los nombres: ¿Lynn Nussbaum + Peter Denon Ukevitch? Por qué no. Todo lo que escuchamos en el templo es imaginario. Luego se preguntó por qué Lynn o Peter habían hecho los arañazos y si realmente se querían; también se imaginó que alguien había inventado a dos personas para entretener a los viejos como él que iban a hacer los deberes del Rosh Hashanah.

—Mira, jóvenes que se quieren—le dijo a Melinda señalando al corazón.

—Shhh. No hables tan alto.

Pasó con fuerza la página de su libro de rezos y captó el mensaje.

—Levantaos, el arco está abierto—ordenó el nuevo rabino, que había suplido al rabino Magnum recientemente jubilado. El joven rabino Fraenkel era el futuro: el cambio de los protectores para continuar el círculo sin fin.

—Por favor, siéntense—dijo el rabino cuando el arco se hubo cerrado. —Levántense y pasen a la página 93. Leamos con responsabilidad—dijo el rabino un poco después.

Oh, Señor, has sido nuestro refugio de generación en generación.

El rabino pidió a los fieles que se sentaran de nuevo. Sentados y de pie, sentados y de pie, no necesitaríamos ir hoy al gimnasio. Una gotita de sudor cayó por su mejilla. Se la secó con los dedos y se frotó el ojo con el nudillo. El calor de septiembre era opresivo en Bethesda. Practicando su habilidad de lectura rápida, Benjamin ojeaba el libro de rezos bloqueando así la voz del rabino.

El Señor es el Rey, el Señor es el Rey, El Señor será el Rey de todos los tiempos.

Le desconcertaba que tanta gente elegante repitiera aquella frase sin sentido una y otra vez. Si lo que querían decir es que el Rey era la Naturaleza, ¿por qué no decían eso? Si querían decir que había una fuerza supernatural que nos protegía o manejaba las cosas... bueno... ¿quién se cree eso realmente? Se preguntó de nuevo, como ya había hecho en innumerables ocasiones, qué hacía allí y luego recordó la devoción de Melinda y sus votos hacía ya muchos años... "en la salud y en la enfermedad hasta que la muerte nos separe".

Su pierna tocó la suya y ella le sonrió.

—Por favor, levantaos.

Arriba otra vez.

Benjamin vio que había gente extraña de todas las edades estudiando sus libros, en pie como se les había ordenado, como soldados, excepto la chica con el carrito que había al lado de sus padres jóvenes.

Benjamin miró hacia abajo, a sus pies, y movió sus dedos.

Pequeños fieles seguidores, se dijo a él mismo, sintiéndose desconectado de su cuerpo. Supongo que hacemos lo que nos dicen, pensó Benjamin empezando a sentirse enfadado con sus dedos de los pies. Su carácter se volvió apacible a medida que los fieles se unían a la canción del Cantor y veía cómo Melinda también lo hacía.

Las viejas melodías se habían convertido en familiares a lo largo de los años que llevaba asistiendo al Rosh Hashanah con Melinda y estaban en su mente aparte de las prácticas religiosas mecánicas. Era como si la música y los fieles, aunque todos bajo el mismo techo, no tuvieran mucho que ver entre ellos. Benjamin intentó cantar con Melinda y el resto de fieles pero no podía mantener la melodía durante más de unos segundos, lo que hacía que aumentara su frustración. Tenía dificultades para pronunciar y no sabía el significado de las palabras en hebreo, lo que le hacía sentir a menudo como un extranjero en vez de imaginarse, como solía hacer, que los demás estaban conectados. Era como si no se hubiera ganado la entrada a aquel santuario privilegiado de judíos o como si el nacimiento no fuera suficiente para unirse a aquel entorno sagrado. A pesar de todo, tampoco es que se sintiera rechazado. Sentía que tenía una asociación ilícita a un club exclusivo. Aquella sensación de extrañeza no era nueva para Benjamin. Era el primer ciudadano americano de su familia; había nacido en Nueva York meses después de que su madre francesa y su padre ruso hubieran emigrado desde Francia justo a tiempo para escapar de Hitler. Sus padres no le llevaron a colegios judíos ni iban ellos mismos a las prácticas religiosas; creció asimilando nuevas costumbres en un país extranjero al que ahora llamaba hogar. Era un americano, europeo y refugiado judío no practicante que se había criado en un país en paz. Ya no se sentía más un judío ritualista anclado a las tradiciones del pasado que él mismo consideraba que eran restos de la persecución judía y de la exterminación Nazi.

Cantar para sí mismo también era difícil para él. Su padre era músico, pero Benjamin no tenía ritmo y era tímido cuando cantaba. Se imaginaba como un mutante deficiente cantando entre los demás. Sus labios intentaban formar palabras sin sonido durante el resto de la canción. Benjamin, aburrido, empezó a pensar en Estelle. Asumió que estaba allí y se preguntó quién la había llevado o dónde estaba sentada. Esperaba que Melinda no la dijera que se uniera a ellos para comer justo después del sermón, una tradición que tenían cada año. Además, que no tenía ganas de aguantar a Estelle aquella tarde. Esperaba poderse poner al día con su trabajo. Buscó entre la gente para ver si la veía. La silla de ruedas era fácil de localizar.

—¿Dónde está Estelle?—le preguntó a Melinda.

Ella se encogió de hombros.

—No lo sé.

La atención de Benjamin se dirigió al Cantor que iniciaba su camino hacia el pasillo llevando la Torá. Muchos de los fieles se salieron de sus filas en su dirección. Un hombre con el pelo gris deseoso de tocar la Torá maniobró pasando entre la fila de Benjamin y Melinda para llegar al pasillo. El final de su talit, con flecos colgando, se quedó en la punta de sus dedos y su brazo se extendió hacia la Torá. Un flujo de manos que sujetaba o bien los libros de rezo o bien los lados de los talits bailaba alrededor de la vieja Torá mientras esta avanzaba por el pasillo. Anillos, joyas y gemelos de oro le daban un aire de opulencia a un acto que debería de estar inmerso en la humildad. No se permitían lo símbolos, eso decían los judíos. Aun así, Benjamin les veía atados al ritual y a la Torá. ¿No eran esos símbolos de algún tipo? Los libros y los talits tocaban la Torá, con tanta suavidad, con tanto amor, con tanta reverencia que sus labios retrocedían para alimentarse espiritualmente, era como saborear la miel. Benjamin volvió al nexo de unión obligado entre la Torá y los judíos. Veía la sumisión como algo inaceptable, tanto como que los evangelistas salieran en la televisión los domingos por la mañana rezando a Jesucristo. A excepción de los sabios, ¿por qué besar un libro o una tela después de haberse desplazado por una multitud que ni lee ni entiende? ¿Por qué usar los labios? ¿Por qué besar? No tenía nada que ver con la pasión de dos amantes con los labios húmedos, abiertos, o con los labios que acarician el cuello de un bebé, tampoco con los besos en masa casi dados al aire que se da la gente en la mejilla cuando se ve. Para Benjamin el beso de los judíos significaba: "Obedeceré, soy tuyo"; sin embargo, para su punto de vista, era muy distante el besar sin sentir, nada satisfactorio, era como el contacto entre los labios de un caballero y la mano de una señorita, frío. No podía por él mismo, extender su brazo para tocar la Torá y besar sus labios. Aparte de la hipocresía, para él era un acto ostentoso, era como gritar a los cuatro vientos "¡Bravo!" en un concierto, como ser un experto entendido, un verdadero amante de la música, alguien que pertenece a ese ambiente, que no toca ningún instrumento y que no puede cantar en una tuna. Miró al resto de los files tocando la Torá y besándose, evitándose la mirada para que todo pareciera más sincero. Las reverencias, las imposiciones, la kipá y el talit, la histeria de llegar a tocar la Torá en masa... eran prácticas públicas y símbolos de pertenencia nada agradables para Benjamin. ¿Era todo eso necesario? Y qué pasaba con el resto, los que eran como él, gente que había nacido como miembro de los que llamaban "los elegidos", ¿los elegidos por quién?; elegidos para mirar hacia delante y no hacia atrás, personas que habían nacido como pertenecientes a la raza humana fueran cuales fueran sus banderas, producto de los eones de la evolución; personas que no estaban confinadas en grupos encapsulados, especiales, grupos que clamaban tener un poder privilegiado hacia el sufrimiento. Cada año era lo mismo: miraba, un Tom oliscón, un Tom judío oliscón que miraba a otros judíos. Entonces vinieron a su cabeza más preguntas persistentes que le confundieron. ¿Estoy yo siendo sincero? Yo estoy aquí, ¿no?

Estoy aquí en el Rosh Hashanah. Soy un judío que tiene una mujer judía y que estoy celebrando el Año Nuevo judío con otros judíos. ¿Es que no necesita la gente a la familia? ¿La necesito yo? Soy un producto de la historia como todo el mundo aquí. Respondía a las canciones, se levantaba con la llamada, leía, todo en el momento precioso, el momento de Dios Todo Poderoso, benevolente y al que nunca hay que poner en duda y siempre hay que hacer honores. ¿Importaba que no creyera en la voz de la verdad que había dentro del libro sagrado; o que su mano no estuviera entre las que buscan la Torá, o que sus labios no se frotasen contra el objeto que habían convertido en sagrado por estar en contacto con la Torá o que fuera Ateo con la 'A' mayúscula? Estaba allí, voluntariamente, llevando su talit y su kipá judía. ¿Define el uniforme a la persona? ¿Es que una persona camuflada en una camisa blanca con un sombrero de punta y que esté escuchando al Gran Mago tiene que ser calificado como un miembro del Ku Klux Klan independientemente de sus creencias? ¿Es que vencen los pensamientos a las acciones? No. La apariencia desastrosa de un científico investigador, cómo lo es él mismo, era parte de su persona. Él estaba allí, sí. Con Melinda. Si un día de esos la Gestapo invadía el templo en aquel preciso momento, sería encarcelado con ella y con el resto.

Se colocó su kipá marrón clara (la tenía del Bar-Mitzvah de Danny Saphiro, un amigo de su hija), y se recolocó su talit blanco y azul para que cubriese sus hombros que se habían caído un poco con el paso de los años. Miró al Cantor que caminaba a lo largo del pasillo hasta la parte más alejada a la izquierda de la capilla y dirigiéndose hacia la plataforma bima. Unos pocos se quedaron alrededor de la Torá, un toque aquí, una palmadita por allá, beso, beso, las abejas esperando en la colmena hasta el próximo paso. Varios miembros de la congregación fueron al bima para leer las palabras que tenían asignadas en hebreo, se leyó una súplica para comprar los vínculos con Israel, más cánticos, arriba, abajo, bostezos, la puerta de la capilla abierta, cerrada con congregantes haciendo un descanso para dar un trago al agua de la fuente, para liberarse o simplemente para hablar con un amigo y expresarle las condolencias por tener a un miembro de su familia enfermo o la enhorabuena por un ascenso o lo que sea; y, de nuevo, al santuario, los rituales, el servicio que mantiene allí a tantas personas durante ese día, escapándose como si fuera un juego del trabajo, todo con orgullo, comodidad y un profundo sentido de la comunidad.

¡Feliz Año Nuevo! El año pasado fue maravilloso, una bendición. Toquemos madera; toquemos madera de nuevo. ¡El próximo año en Jerusalén! Quizás el año que viene nuestros sueños se hagan realidad. Quizás. Quizás.

Benjamin se preguntaba qué pensamientos ocupaban las mentes de los demás fieles en aquel preciso instante. Su metro ochenta de alto y su metro veinte de ancho le permitían ver por encima de las cabezas que había delante suyo (a excepción de un sombrero morado muy feo que bloqueaba su visión); parecían todos gente común; un grupo de personas contemplando el Año Nuevo judío como se esperaba de ellos.

Sus pensamientos se volvieron más científicos y se preguntó cuántos de los extraños que había en esa sala habrían fallecido al año siguiente; cuántos tumores malignos habría; cuánta ansiedad; cuántas personas escucharían noticias devastadoras sobre su salud, sus trabajos o sus hijos (Dios no lo quiera). Luego se tomó un respiro y se preguntó cuántos orgasmos se habrían generado hoy y cuantas concepciones, queridas y no, habrían ocurrido la pasada noche. Esta escena parecería común, pero siempre que tuviera la tragedia y el éxtasis de lejos. Una sala llena de gente siempre es sinónimo de mucho drama, o eso pensaba él, es lo que tiene la literatura y la vida, solo observar, pensar, imaginar.

Sus pensamientos volvieron a las contradicciones de autenticidad: ¿era su cuerpo o su mente? ¿Sus pensamientos o acciones? ¿Podía ser religioso y no al mismo tiempo? ¿Quién gana la batalla de verdades?

Y entonces Benjamin escuchó una voz humana que hizo que sus agotadores conflictos internos se apartasen. Tenía una cualidad maravillosa, como el primer gorjeo de un pájaro al amanecer. El tejido de los trajes, los vestidos, la joyería, los peinados, los suéteres, la gente que le había distraído, todos ellos se entregaron a la melodía femenina tan delicada que sonaba con un violín solo tocado con mucha dulzura por un arco que contenía como cuerda el pelo de un niño-ángel. La voz no era una voz poderosa ni una voz entrenada como la de un soprano; era una voz libre como el aire que llenaba el santuario y que llenaba su cuerpo con cada respiración. El escudo invisible de Benjamin desapareció.

Miró a Melinda que estaba a su lado y la cogió la mano. Ella apretó sus dedos. Él cerró los ojos y se imaginó el ir y venir de las mareas de un mar en calma en el que se originaba la vida. Su cara se relajó y las arrugas que marcaban su frente desaparecieron. La calidez de aquella voz le hacía temblar en aquel caluroso día de septiembre. Ya no importaba si había o no un Dios que era bueno o poderoso o si en realidad existía. Con la mano de Benjamin en la de Belinda en aquel espacio privado que conformaban los ojos cerrados, no había ni grupo interno ni externo; aquella voz humana secuestró sus conflictos. Benjamin se acercó a Melinda y la preguntó:

—¿Quién canta?

—No lo sé—dijo ella.

—¿De dónde viene la voz?

—Creo que del coro.

Benjamin miró una por una a todas las personas del coro que estaban en la parte delantera de la capilla. No se movían los labios; solo se escuchaba una voz fascinante. Buscó entre los fieles a la mujer que cantaba, pero no encontró a nadie. De nuevo examinó el coro con calma y vio un espacio entre dos mujeres que estaban en la segunda fila. Un destello metálico llamó su atención. Entrecerró los ojos y pensó que podría identificar el origen de la voz. Se giró en su asiento intentando verla con más claridad. ¡Estelle! Sí, ahora ya estaba seguro. Estaba allí, como siempre, en su silla de ruedas. Sus ojos estaba cerrados; todo a excepción de su boca estaba perfectamente inmóvil. ¡Oh mi Estelle! Benjamin se preguntó si había tomado las notas directamente de los cielos y las había soplado allí de una forma tan dulce, frente a la audiencia. Aquella no era la voz que Benjamin escuchaba de Estelle en el juego de Gin Rummy. La pareja mayor que había delante de él se paró susurrando entre ellos. El rabino dejó de tocar su talit. Incluso el bebé dejó de estar inquieto en su carrito. Las toses ocasionales, las charlas mudas, el paso de las páginas, toda agitación cesó. La voz era para escucharla, no para unirse ni interrumpir. No demandaba ningún tipo de acción y no reclamaba seguridad; era una voz de otro mundo en la que el entendimiento procedía simplemente de ser parte de ella. Estelle estaba cantando con pureza y de manera muy bonita. Eso era todo. La predicación del rabino, el canto del cantor y los rituales de los congregantes parecían insignificantes. El deseo de Benjamin de comprobar su identidad con él mismo o con otro también desapareció. Se imaginó las sinfonías tocando en las cabezas de los sordos. Y después, cuando la voz de Estelle había inundado el santuario, pudo llegar a sus conclusiones sin tonterías.

Un silencio sepulcral llenaba la sala. Ni un solo aplauso; ni una reverencia. Este sería el titular de los periódicos de mañana: "Estelle cambia vidas: Los judíos hacen el honor al Año Nuevo".

Una mujer en silla de ruedas había cantado su canción a una congregación de fieles en el Rosh Hashanah, pero Benjamin sabía que llevaría con él aquel sonido cuando el sol cayera aquella tarde. El rabino Fraenkel rompió la magia del momento con un sermón mundano sobre la importancia de mantener las raíces judías por medio de la observación. Después del servicio vio cómo su hijo Larry llevaba a Estelle hasta la entrada. Le criticaba por empujar la silla de ruedas bruscamente. Benjamin vio su barra de labios roja amoratada que había aplicado de una forma un tanto burda saliéndose de los límites de sus labios resecos.

—Estelle—dijo Melinda. —Ha sido maravilloso. No tenía ni idea.... de esa voz que tienes.

—Sí, absolutamente increíble, no lo sabía. Nunca dijiste nada—añadió Benjamin.

—Gracias—dijo ella. —Por Dios, hace calor aquí. ¿Se piensan que estamos hechos de plástico o algo?

Se rio de forma ordinaria, como siempre, mirando al frente con sus ojos inexpresivos de bicho. Su jersey azul estaba arrugado y sus zapatos de lona, sucios. Sus pendientes eran demasiado pequeños para sus orejas y llevaba un collar enmarañado con cuentas azules y grandes de cristal. Todo un desastre. Estaba más repugnante que nunca. El simple hecho de verla en la silla de ruedas le hacía querer huir. Que su voz divina hubiera vuelto a algún lugar misterioso dentro de ella era lo que le obsesionaba.

—Buen cante—le dijo un fiel mientras pasaba por la puerta de entrada.

—¡Feliz Año Nuevo!

—Sí—dijo Larry al aire.

—Enhorabuena.

Benjamin se movió cerca de Melinda mientras dejaban el templo. Se quitó su kipá y su talit. El servicio había terminado y el Año Nuevo había empezado de forma oficial. Larry llevaba a su madre detrás de ellos. Benjamin se giró cuando los rayos de sol se filtraron a través de las hojas de un árbol cercano e iluminaron la cara de Estelle. Una suave brisa hizo que las sombras bailasen en sus mejillas. Dio un paso en su dirección y la tocó el brazo.

—Gracias, Estelle. ¿Nos vemos el próximo miércoles?— dijo él.

No estaba seguro pero supuso que el pequeño movimiento de los labios de Estelle era una sonrisa.

—Imagino que sí—dijo ella. —El miércoles.

Melinda se agarró del brazo de Benjamin y se dirigieron a su pequeño restaurante griego favorito en el que siempre comían después del Rosh Hashanah para celebrar el Año Nuevo judío.